AF284967

Deadly running

Kitzingen-Krimi 4

Die Personen und die Handlung des Buchs sind frei erfunden. Etwaige Ähnlichkeiten mit tatsächlichen Begebenheiten oder lebenden oder verstorbenen Personen wären rein zufällig.

Cover-Foto: Hans Will

Zur Person: Hans Will war bis 2007

selbstständiger Bäckermeister und Konditor. Durch eine schwere Krankheit musste er den Beruf wechseln und wurde innerhalb kurzer Zeit ein erfolgreicher Fotograf mit etlichen Auszeichnungen und gelungenen Ausstellungen. Deadly running ist sein vierter Kitzingen-Krimi. Insgesamt hat er mittlerweile zwölf Bücher geschrieben und veröffentlicht.

Vom Autor erschienen oder in Planung:

Späte Zeit des Glücks – Kitzingen-Krimi 1

Ein Leben lang – Roman

Saisonarbeit – Kitzingen-Krimi 2

Todholz – Kitzingen-Krimi 3

Deadly Running – Kitzingen-Krimi 4

Im Wendekreis des Virus – Kitzingen-Krimi 5

Das Virus schlägt zurück – Kitzingen-Krimi 6

Cranach Komplott – Kitzingen-Krimi 7

Never give up – Ratgeber gesundes Leben

Never give up Teil 2 - Ratgeber gesundes Leben
(In Planung)

Back- und Lachgeschichten - Humor (Vergriffen)

Ende der Weinlese – Fantasy

Vorwort

Der Krimi wurde in einer Zeit geschrieben in der die Menschen nicht wussten wie zufrieden sie eigentlich sein müssten. Es gab noch keine Corona Pandemie und Putin hatte mit seiner Armee die Ukraine noch nicht überfallen. Man konnte noch einigermaßen bezahlbare Wohnungen bekommen, Benzin noch bezahlen und die Preise für Lebensmittel sind noch nicht durch die Decke geschossen.

Dies ist die 2. Überarbeitete Auflage des 2019 erschienenen Buches.

Einleitung

Mann könnte beim Titel des Buches meinen das sich ein Mensch zu Tode gelaufen hat. Sowas kommt vor. Bei großen Marathonveranstaltungen gibt es immer wieder einmal Läufer/innen die ihren falschen Ehrgeiz mit dem Tode bezahlen müssen. Auch im Training sind schon Läufer ums Leben gekommen, sei es durch unachtsame Autofahrer oder irgendwelchen anderen Gründen. Es ist immer traurig, wenn ein Mensch stirbt.

Ein Mann befriedigt seine Mordlust in dem er Frauen umbringt. Das besondere, er fotografiert sie vorher auf eine eigenwillige Art. Nämlich beim joggen. Hauptkommissar Arne Hatterer jagt ihn durch halb Europa. Über Russland, Armenien, Georgien, La Palma, Luxemburg, Brandenburg, Südbaden und Elsass geht die Flucht. Niemand glaubt mehr so recht das der Täter gefasst wird. Doch Arne Hatterer und sein Team geben nicht auf. Der Täter hinterlässt sowohl Tote, aber auch Frauen die mit Freude an die Anziehungskraft seiner Lenden denken.

Niemand ist perfekt aufgewacht geboren. Hören Sie zu, lesen Sie, lernen Sie, wachsen Sie, ändern Sie. Es ist nie zu spät, sich selbst zu überprüfen und die richtigen Worte zu finden. Für Volkov war es zu spät. Die Macht hat ihn auf die dunkle Seite gezogen.

Hauptkommissar Hattereres Hochzeitsreise im letzten Jahr führte ihn und seine frischangetraute Frau nach Curacao wo er mit Elsa und mit dem dortigen Polizeichef Delcy Rodriquez nochmal kräftig ihre Hochzeit nachfeierten. An Weihnachten dann erfährt Hatterer das er Vater wird. Er freut sich drauf. Sein Sohn wird Delcy getauft. Nach einem guten viertel Jahr wird die Ehe schon wieder einvernehmlich geschieden. Elsa zog es zum gleichen Geschlecht. Delcy sieht er jetzt nur noch alle vierzehn Tage. Er hat aber die Hoffnung noch nicht aufgegeben das volle Sorgerecht für seinen Sohn zu bekommen.

Vorgeschichte

Das feuchte Moos roch nach Herbst, als er langsam wieder zu sich kam. Der tiefstehende, Vollmond tauchte den Wald in ein fahles Licht. Im Rücken spürte er einen unbeschreiblichen Schmerz. Er wurde wieder ohnmächtig. Er lag am bemoosten Grenzstein im Waldstück Tänning zwischen Albertshofen und Kitzingen.

Mehr Tod als lebendig wurde er von einem Nordic-Walker, der gerade seinen Morgenmarsch absolvierte, gefunden. Die herbeigerufenen Ersthelfer wussten nicht so recht was sie machen sollten, sie konnten fast keinen Puls mehr spüren. Der Notarzt forderte einen Rettungshubschrauber an, der ihn dann in die Uniklinik nach Würzburg flog. Die klaffende Einschusswunde und die Tatsache das es keine Austrittswunde gab deutete darauf hin, dass die Kugel noch im Körper steckte. Nach dem Röntgen war klar: Die Kugel im Bauch war zwischen Herz und Lunge stecken geblieben. Die schwierige Operation dauerte über fünf Stunden. Das komplett aus Stahl gefräste Vollmantelgeschoss neun mm Makarow landete mit einem typischen metallischen Geräusch in der bereitstehenden Nierenschale.

Hatterer hatte Glück. Die Beatmungsmaschine keucht. Wenn ihn das Geschoss einen Millimeter links oder rechts getroffen hätte wäre er jetzt Tod und seine Kollegen könnten für einen Trauerkranz die Sammlung starten. Sein Chef Kilian von Stein kommt herbeigeeilt.

Vorbei an Endeskopie, Intensiv, EKG, Neurologie und der Entbindungsstation fährt er mit dem Aufzug in die vierte Ebene. Überall hängen kitschige Aquarelle an den Wänden. Irgendein verkappter Kunstmaler hat sich da eine goldene Nase verdient. Ein Arzt in Grün sagt das sein Kollege großes Glück gehabt hätte. Keine Verwandtschaft. Von Stein darf nur durch das Fenster des Beobachtungszimmer schauen. Auf dem Flur bimmelt es wie in einem U-Boot beim Abtauchen unter Wasser. Stein muss an den Film „Das Boot" denken. Infusionsschläuche in jeder Öffnung, im abgedunkelten Raum blinkt es noch mehr, irgendwie erinnert ihn das Szenario an die ISS. Der Stationsarzt fragt von Stein: „Ich weiß nicht ob sie religiös sind aber jetzt wäre ein guter Moment zu beten." Scheiße hoffentlich wird er wieder der Alte nach der Genesung.

Nach einem Monat wird Hatterer aus dem Krankenhause entlassen dann Reha in Bad Bocklet im Spessart. Dienstantritt ist in weite Ferne gerückt.

War das der Preis für seine leichtsinnige Neugier, für seine streberhafte Ermittlung. Man legte ihn die Möglichkeit nahe vorerst nur noch gefahrlosen Innendienst zu schieben.

Ab und zu im Traum spürt er den Treffer, es schmerzt wie die Kugel in Zeitlupe durch sein Gewebe saust und in ihn eindringt. Er wacht dann immer scheißgebadet auf. Es ist wie ein Zeichen aus der Vergangenheit. Bei einer guten Bekannten im Schwäbischen machte er für einige Wochen Station. Er wollte auf andere Gedanken kommen. Er träumte davon das ihm Alberich die

Tarnkappe ausleiht. Schlafend auf der Couch schreckt er auf, der Fisher Price Plastik Abenteuer Spieltisch des Kleinen mit einem schrillen viel zu schnellen „Alle Entlein sind schon da" macht ihn munter. Er fragt sich was mit der Tarnkappe war. Das Gefühl etwas zu verpassen veranlasst ihn zur Rückreise nach Mainfranken. Doch immer wieder hatte er die Bilder des Abends vor den Augen. Er sah einen Mann mit dunklen Haaren und einen roten Bart, Christian Bale der über die Schulter schauend von ihm davonlief. Als er umdrehte und zurück zum Auto wollte viel der Schuss.

Drei Jahre später. Vor einigen Wochen hatten sie jetzt die Waffe gefunden mit der die Kugel in seinen Rücken gefeuert wurde. Mittlerweile war er verheiratet gewesen und hatte einen bezaubernd kleinen Sohn.

Dann ist Hatterers zweiter Albtraum wahr geworden. Die Liebe seiner Frau Elsa zu ihm war nicht groß genug. Sie hat ihn mit seinem kleinen Sohn verlassen.

Hatterer war vor dem Schuss in den Rücken einer Bande Ecstasy Kocher, die ihr Hauptquartier in der belgischen Provinz Limburg unterhielten, auf der Spur. Sie hatten in der Nähe von Albertshofen eine Filiale und dort ein ähnliches Drogenlabor eingerichtet. Auf den bunten Pillen des fränkischen Ablegers der Drogenproduzenten war ein stilisierter Kilian abgebildet. Da sie die Kilies aus reinem MDMH herstellten waren sie in der europäischen Drogenszene sehr begehrt. Nachts als die Chemikalien Fässer angeliefert wurden, war es passiert. Hatterer hatte einen Tipp bekommen und lag auf der Lauer. Sein Kollege Edgar Loder von der Streife hatte kurzfristig absagen müssen. Irgendwas mit der Frau. Nach drei Stunden, er wollte gerade wieder umkehren, war es soweit. Er verfolgte einen der Männer in den nahegelegenen Wald, der Schuss traf in völlig unvermittelt. Später wird sich einmal herausstellen das zwei aneinander gekettete Indonesier die Drogen in einem Keller eines Mietshauses, in dem auch ein genehmigter Puff seinen Betrieb hatte, herstellen mussten.

Hatterer wacht aus einem Büroschlaf auf. Er träumte davon das er in einem Vogelkäfig eingesperrt war. Hunderte von Vögel die so groß waren wie er selber pickten ihm sein Hirn heraus. Die Türe des Büros wird zugeschlagen. Er hatte Kopfweh.

Die Ermittlungen beginnen

Yogi schlürft ins Büro, das Innenfutter hängt aus seiner Bikerjacke. Er kommt vom Urlaub zurück. Ibiza. Er schwärmt vom Mantra der Cicoloco die schlicht und ergreifend sei. Viele würden dorthin kommen um auf dem Dancefloor zusammenn, verbunden in tiefer Liebe zur Musik dahinzuschweben. So wie er auch. Keine Ablenkung, keine Deko gibt es, kein Schnickschnack, einfach nur Clubben in seiner reinsten Form, in intimer Atmosphäre. Dieses Ethos ist es das Yogi immer wieder nach Ibiza zieht. Der Kern der Party und genau darum ist die Insel bei Clubbern aus aller Welt nach wie vor so sehr beliebt. Man könne dort in den Dünen auch mal ein schnelles Nic Nac machen. „Am Nachmittag, wenn ich ausgeschlafen hatte, legte ich mich immer an den Strand um die tollen Frauen anzuschauen und Kontakte an der Strandbar klarzumachen!" Er lacht.

Hatterer meint das es jetzt genug sei mit der Schwärmerei, „der Urlaub ist vorbei. Wir haben eine tote Joggerin unten hinter dem alten Campingplatz."

Sie machten sich auf und fuhren zur Fundstelle der Leiche am alten, in die Jahre gekommenen, Verladekran einer Gipsfirma aus Iphofen, unterhalb der Südbrücke.

Ihre Köpfe schauten auf den Boden dorthin wo das Gras vom schmutzigen Beton abgelöst wurde. Es sah nicht schön aus. Eine Frau von der Spurensicherung hob kurz die Plastikplane. Die Tote starrte sie mit aufgerissenen Augen an. Yogi ging das sehr unter die Haut. Für Hatterer war es schon mehr Routine. Es war immer der gleiche Modus Operandi.

Die speziellen Laufschuhe und die Laufkleidung der Toten deuteten darauf hin, dass es sich bei der ihr um eine ambitionierte Läuferin handeln könnte. Am Fuße eines Sandhaufens konnte die Spurensicherung Fußabdrücke sichern.

Nach einigen Tagen kann man in der Mainpostille von einem weiteren Toten lesen. Der Tote, der bei der Staustufe aus dem Main gezogen wurde, soll ersten Ermittlungen der Experten aus den sozialen Netzwerken zufolge der Stalker der Toten Joggerin gewesen sein. Falsche Sentimentalität dürfen die Ermittler in so einem Fall nicht aufkommen lassen.

Mitglieder eines Lauftreffs wurden verhört und sagten dazu sehr schwammig aus. Schulterzucken, so richtig wusste niemand etwas. Anscheinend hatte der Tote der Staustufe die Tote vom Campingplatz schon länger belästigt. Es gab wohl auch schon eine Gerichtsverhandlung vor dem Kitzinger Amtsgericht. Man konnte dem vermeintlichen Stalker nichts anhaben. Verschmähte Liebe. Jetzt sind sie beide Tod. Es lief nicht rund für die zwei.

Hatterer freute sich jeden Tag aufs Neue, wenn er zu seinem kleinen Sohn nach Hause kommt. Leider war er heute nicht da. Die Vereinbarung war das er alle vierzehn Tage Delcy bei sich haben konnte.

Vor seinem Haus spielen Kinder aus der Nachbarschaft, erst beim Aussteigen bemerkt er das sie einem überfahrenen Igel mit kleinen Stöcken die Gedärme auseinanderziehen. Ob das sein kleiner Sohn auch mal so macht. Er spürt die Leere, seine Frau Elsa, eine freigestellte Kriminalbeamtin, hat ihn verlassen und Delcy, der seinen Namen einem Kriminalkommissar aus Curacao zu verdanken hat, gleich mitgenommen. Elsa und er haben damals die zwei Tage in der Karibik in vollen Zügen genossen, als sie einen Hauptverdächtigen festnehmen konnten.

Am nächsten Morgen. Yogi ist schon anwesend. Er reicht ihm einen Zettel. Marlene Rupisch, siebenunddreißig von der Dienststelle Amberg verstärkt ab nächster Woche ihr kleines Team.

Die beiden Toten werden, eine Woche später, am selben Tag beerdigt, das Mordopfer im Alten Friedhof in Kitzingen und der Stalker und vermeintliche Mörder auf dem Friedhof in Mainbernheim. Den Tathergang konnten sie nicht ermitteln es gab, außer den Schuhabdrücken am Fuße des Sandhaufens, so gut wie keine brauchbaren Spuren. Das Ergebnis der Ermittlungen brachte bis jetzt keine Beweise das der Tote der Staustufe auch der Mörder der Frau vom Campingplatz war. Im Gegenteil, Julia Knollmeier vom Institut für Rechtsmedizin hat festgestellt das der Tote fast zur gleichen Zeit sein Leben verlor wie die Frau, eventuell sogar einige Minuten früher, genau konnte sie das nicht mehr feststellen. Nach diesem Bericht mussten Hatterer und Yogi deshalb jetzt die Ermittlungen aufnehmen und nach Beweisen suchen ob weitere Personen an der Tat beteiligt waren, ob jemand was gesehen hatte. Jedes Detail war wichtig. „Bin gespannt was die Neue drauf hat!" raunzte Yogi, Hatterer schmunzelte nur.

„Was können wir machen?", fragte er Yogi. Der schaute kurz hoch und fragte Hatterer was *mazerieren sein könnte. „Wieso willst du das Wissen, hat das was mit unserem Fall zu tun!" „Nein habe ich gestern in einer Fernsehshow gesehen!" Hatterer genervt: "Du wirst es nicht glauben, mazerieren nennt man den Vorgang, wenn ein Vorgesetzter seinen Untergebenen durch den Fleischwolf dreht. Überlege dir lieber mal was wir machen können um Zeugen zu finden." Nach einer Weile springt Yogi auf und erklärt das er eine Idee habe.

Die Plakate zur Zeugensuche waren am PC schnell gemacht. Yogi war da ziemlich fit am Computer, er hätte auch als Grafiker einen Job finden können. Er druckte fünfzig Stück in A3 aus. Für größere Plakate hätten sie einen Plotter gebraucht. „Machen wir uns auf die Socken! Sowas habe ich auch nie gemacht!" Yogi sagte dazu das ein bisschen Bewegung ihnen beide nicht schaden könnte.

Gemeinsam hängen sie dann die Zettel an der Laufstrecke entlang des Mainradweges auf. Sie begnügten sich auf den Abschnitt der vom Albertshöfer Anglersee bis zur Mainbrücke in Marktbreit führt. Alle dreihundert Meter ein Plakat auf der sechszehn Kilometer langen Strecke. Sie waren fast den ganzen Tag damit beschäftigt. Auf der Hälfte der Strecke bei Marktsteft hat jemand seinen Rasenschnitt entsorgt. Eine Läuferin mit dunklem Pferdeschwanz und blauen Strähnen im langen

Haar überholt die Beiden. Ihren rechten Arm ziert ein tätowierter Kopf eines kleinen Jungen mit prallen Backen. Hatterer musste an seinen Delcy denken, was er jetzt wohl gerade macht. Nein sie hat an dem Tag keinen Sport gemacht, sie läuft weiter. Zwei ältere Frauen mit Walking Stöcken in der Hand haben auch nichts bemerkt, ebenso ein Rennradfahrer. Ein älterer Fotograf aus Marktbreit ebenfalls nichts. Auf dem Rückweg sehen sie am Sandstrand von Marktsteft zwei kleine Jungs die Mandarinenschalen im Sand vergraben. Sie haben auch nichts gesehen hoffen aber, nachdem sie Yogi gefragt hatte warum sie die Schalen vergraben, das aus den Schalen einmal kleine Mandarinenbäumchen wachsen. Na dann viel Glück. Yogi lachte.

Hatterer war aber trotz Mandarinenschalen genervt. „Es reicht nicht das wir durch die Shisha Bars wandern um den Sauerstoffgehalt zu messen." „Rege dich doch nicht so auf!" Yogi macht den Vorschlag das er sich beim Lauftreff anmeldet. Dann plötzlich nach einigen Kilometern des Schweigens, „Yogi, ich schwörs dir, wenn ich wirklich einmal das Sorgerecht für meinen Kleinen bekomme sollte, lasse ich mir auch so ein Bild von ihm auf den Oberarm tätowieren, wie bei der Frau die wir auf dem Hinweg gesehen hatten!" „Mach das, ich möchte mir gerne eine Sonne auf den Rücken tätowieren lassen!"

"Die Polizeipräsidentin ruft an und erkundigt sich ob es etwas Neues gibt und was sie gerade machen. Bei der Nachricht ihrer derzeitigen Beschäftigung, schreit sie ins Smartphone und Hatterer hofft das sie keinen Blutsturz bekommt. Einen zwischenmenschlichen

Kontakt gab es bei der Polizeichefin nicht. Manchmal hatte sie eine mächtige Neigung zur Selbstzerstörung.

Am nächsten Tag geleitete Edgar Loder, eine Frau mittleren Alters in das Büro der beiden Ermittler. Sie hatte einen ganz besonderen Glanz in ihren Augen. Sie grüßte kurz und hängte ihre Jacke an die Garderobe. Hatterer und Yogi begrüßten ihr neues Teammitglied sehr herzlich.

Sie war früher gekommen als angekündigt. In Amberg war der Fall an dem sie arbeitete vorzeitig abgeschlossen. Keiner schafft es ohne Hilfe. Sie trug eine Jeans und eine atmungsaktive Sportjacke in Hellblau. Haare kurz, keine Schminke. Sportlicher Typ. Hatterer dachte gleich daran was Yogi aussprach als er ihr seine Hand zur Begrüßung reichte. „Hallo ich bin der Yogi Weber, der da drüben, der mürrisch dreinblickende Mitfünfziger ist unser Boss Arne Hatterer und sie sind Marlene Rupisch unsere Neue nehme ich mal an. Sie sehen sehr sportlich aus. Für unseren Fall bräuchten wir noch eine fitte Läuferin um in einem Lauftreff zu ermitteln!"

Edgar Loder erklärte den Dreien das sein Anlasser orgelt und er jetzt eine halbe Stunde für sich braucht. Er hat einen Termin in einer Werkstatt gemacht. Edgar verabschiedete sich.

Marlene Rupisch schnaufte durch: „Ja hallo erstmal, danke für die freundlichen Worte." Sie reichte jetzt Hatterer die Hand!" und sagte weiter „Ich hoffe das wir gut miteinander auskommen. An mir soll es jedenfalls nicht liegen. Eine Bitte hätte ich. Ich hänge sehr an diesem Bild. Darf ich es hier an der Wand aufhängen?" „Hier nicht!" sagte Yogi „das ist mein Arbeitsplatz, aber hier", er deutete auf den dritten Schreibtisch im Raum, „Können sie das Bild aufhängen!" „Danke! Morgen bringe ich einen Nagel und einen Hammer mit!" „Nicht nötig! tönte Yogi. Er hängte den Liqui Moly Girls- Kalender ab. „Bitteschön wenns vom Platz her reicht dann können sie ihn hier hinhängen!"

Das Bild war sehr bunt. Als Frau Rupisch nach unten ging um noch etwas aus ihrem Auto zu holen sagte Yogi zu Hatterer: „Bisschen arg abstrakt, meinst nicht!" „Naja bunt halt!" damit war das Thema erledigt.

Keine Zeugen und auch keine neuen Ermittlungen. Hatterer freute sich auf die Wochenenden die er mit seinem Sprössling verbringen durfte. Auch seine Nachbarn freuten sich immer mit. Sie hatten den kleinen Mann ins Herz geschlossen. Sie passten auch schon mal auf Delcy auf, immer dann, wenn Hatterer kurzfristig ins Büro musste. Zurzeit waren sie aber im Urlaub bei ihrer Tochter in Australien. Die dort an der Gold Coast mit ihrem Freund einen Kite Spot unterhielt.

Edgar kam zurück und erzählte begeistert das Ansgar Willinger von der Werkstatt ihn einen Tipp gegeben habe das man leichte Kratzer auf den Scheinwerfern mit Zahnpasta rauspolieren kann. „Oh, wie neu! Sind doch alte Kamellen!", konterte Yogi.

Ein paar Wochen sind ins Land gezogen, es ist wärmer geworden und Yogi und Marlene Rupisch sind beim Lauftreff mittlerweile anerkannte Mitläufer. Es sind auch einige Fußballspieler dabei die sich Fleißsternchen bzw. die nötige Fitness für die beginnende Saison holen wollen. Auf Fragen nach den zwei Getöteten ernteten sie bisher nur Schulterzucken. Es war eine Mauer des Schweigens. Nur eine junge, redselige Frau gab ein paar Hinweise von sich.

Von der KDU kam die Nachricht das auch die männliche Leiche von der man erst annahm das er der Mörder der jungen Läuferin gewesen wäre, ebenfalls ermordet wurde.

Das Ergebnis von Europawahl, Formel 1 und Pokalfinale waren die Gesprächsthemen beim abendlichen Laufen Ende Mai. Gestartet wurde am Bleichwasen, am Mainradweg entlang bis zur Querung der Südbrücke, hinauf zum Innopark und über die Nordbrücke wieder zurück zum Bleichwasen. Die richtigen Ausdauerfreaks legten noch eine Runde drauf. Entweder durch den Tännig oder über den Felsenkeller durch Hohenfeld und an der Staustufe vorbei zum Ausgangspunkt. Eine andere dreizehn Kilometer lange Runde führte durch die östlichen Stadtteile von Kitzingen. Vom Ausgangspunkt am Main nach Hohenfeld, über Sickershausen und Hoheim durch Etwashausen zurück zum Ausgangspunkt.

Yogi pfiff aus dem letzten Loch. Marlene schien es nichts auszumachen. Im Gegenteil sie unterhielt sich angeregt mit Mikaela, einer Schwedin aus Falun die in einer großen Kitzinger Firma ein Auslandspraktikum macht. Sie war es auch die vorerst Einzige die über die beiden Toten Ashley Steiniger und Peter Sattes redete. Sie erzählte das die Beiden eigentlich ganz gut miteinander ausgekommen sind. Vielleicht hat Ashley die falschen Signale an Peter gesendet. Mika, wie sie von allen genannt wurde, war sich sehr sicher das Peter nicht der Mörder gewesen sein konnte. Sie war mit den Beiden gut bekannt. Am Anfang dachte sie die Beiden seien zusammen. Sie hatte lange mit der Trauer gekämpft. Sie erzählte vom letzten gemeinsamen Treffen, das sie zusammen mit zwei weiteren Läuferfreunden in der neu eröffneten Eisdiele am Gustav-Adolf-Platz hatten. „Gustav Adolf war auch Schwede, so wie ich!" sagte sie beschwingt und zog den Schlussspurt an, Yogi konnte nicht mehr folgen. Mika erzählte das sie für den Nachtmarathon in Mannheim trainieren würde, den sie mit den beiden Getöteten bestreiten wollte. Jetzt nachdem beide tot sind will sie trotzdem dort starten. Sie lud Yogi zu einem Drink in eine Saftbar in der Kaiserstraße ein. Yogi merkte zuerst gar nicht wie fasziniert er von der jungen hübschen Schwedin war. Nachdem sie mit zwei Gläsern „Detox-Smoothie" kam schaute er in ihre strahlend schönen blauen Augen. Von diesem Moment an wusste er das er sich in sie verliebt hatte. Wenn er sie anschaute schmolz er dahin wie Schweizer Schokolade in der Sonne. Mika erklärte nervös, dass der Smoothie auf einer Basis von Spinat, Gerstengras und Birnen frisch hergestellt wird. Es gäbe ihn auch mit Apfel oder Erdbeeren erklärte sie energisch. „Er schmeckt sehr lecker und hält fit. Weil das Obst und Gemüse zerkleinert ist, nehmen wir mit dem Smoothie eine viel größere Menge davon auf, als wir es normalerweise tun würden", sagte sie. „Die Vitaminausbeute ist effizienter und der Magen muss wegen der konzentrierten Form nicht so viel arbeiten. Das einzige was mich hier stört sind die Plastiktrinkröhrchen. Hörst du mir überhaupt zu." Yogi schaute sie immer noch verträumt an und schlürfte an seinem Getränk. „Ja klar, Plastikstrohhalme!"

Am nächsten Morgen im Büro fragte Marlene wie es noch so war mit euch Beiden. Sie habe mit einem pensionierten Binnenschiffer gesprochen der auch immer beim Lauftreff dabei ist. Er werde aber immer schon nach den ersten Kilometern von den anderen abgehängt. Was ihn aber nicht viel ausmachen würde. Er freute sich das sie mit ihm sein Tempo gejoggt ist. Er erzählte etwas von einem Mann der kurz hinter der Südbrücke einige Tage fotografiert hätte. Es kam ihm so vor als würde er ausschließlich Ashley Steiniger fotografieren. Jetzt wo er so darüber nachdenkt. Ihm ist es deshalb aufgefallen, weil ein Stück weiter sein Wendepunkt ist und er sich dort, auf einem Anlegepoller sitzend, immer ein bisschen verschnauft hatte, um auf die anderen Läufer/innen zu warten die eine etwas größere Runde gelaufen sind. Seit dem Tod der Beiden habe er ihn nicht mehr gesehen. Marlene machte einen Vermerk in den Akten.

Hatterer sitzt im Büro und trinkt einen Schabeso*. Am kommenden Wochenende ist wieder Delcy Time, sein einjähriger Sohn wird zwei Tage bei ihm sein. Marlene informiert sich im Internet auf einer Vanlife Seite über verschiedene Veranstaltungen. Sie schläft immer noch in ihrem umgebauten VW T6 Multivan. Yogi träumt von Mikaela. Die Luft im Büro ist stickig. Edgar Loder, der ältere Streifenpolizist und lebendes Inventar der Direktion, hatte ihr zwar versprochen, dass er ihr eine bezahlbare Wohnung besorgen würde. Aber bis dato hatte er noch nichts Passendes gefunden.

Die Durchsuchung des möblierten Zimmers des Toten Peter Sattes hatte auch nichts Auffälliges gebracht. Es lag direkt unter dem Dach und in der Frontseite konnte man wegen der Dachschräge nicht geradestehen. Die Treppe hinauf knarzte und das Geländer wackelte. Es war ein dunkles Zimmer wie es Ende der Sechziger des vergangenen Jahrhunderts eingerichtet wurde. Große Mahagoni Schrankwand. Schlafcouch mit Kissen die mit Brokatbordüren verziert waren. Auf ein paar ausgedruckten Fotos sah man die Tote Ashley Steiniger an der Wand hängen. Die Bilder hatten alle ein Wasserzeichen der Internetseite Pixelworld. Die Toilette war auf dem Flur vor dem Zimmer, eine Dusche oder Badewanne gab es nicht. Wie konnte man in so einem Verhau leben. Dachte Marlene. Den Ermittlern schauderte es.

Yogi traf sich am Abend mit Mikaela Lindholm. Als er das Zimmer betrat saß sie vor dem Spiegel und zog ihre Lippen mit einem satten rot nach. Ihren ohnehin zu kurzem Rock gab den Blick auf eine beginnende Laufmasche frei. Yogi hüstelte. Im Auto zog die junge Schwedin ihre kaputte Strumpfhose aus. Sie fuhren zu einem Konzert von Nik Kershaw in die Würzburger Posthalle. I Won't Let The Sun Go Down. Ja sie wollten die Sonne auch nicht untergehen lassen und doch war es nach dem Konzert dunkel und die Sterne schienen auf der Rückfahrt vom mondlosen Himmel. Yogi hatte sich mehr erhofft vom Abend. Eine kleine After Show bei ihm im Bett das hätte schon drin sein können. Aber den Benefit konnte er nicht gewinnen.

Marlene machte ihre ketogene* Ernährung Schwierigkeiten. Sie sehnte sich nach Kaiserschmarren und

Schoko Donats. Als Hatterer, in der Mittagspause, eine Pizza mit Parmaschinken und Pilzen von einem Lieferservice bekam und dazu eine Alkoholfreies Radler öffnete, rannte sie spontan fort in den nahen Schwalbenhof und holte sich bei einem Asia Imbiss eine große Schale Bratnudeln mit Hühnerbrust, Gemüse, Sojasprossen & Ei. Nach dem Fressanfall hätte sie alles am liebsten wieder ausgekotzt.

Hatterer las die Nachrichten im Internet. Tageszeitung hatte er schon seit langem abbestellt. Die Welt hat dem Plastikmüll den Kampf angesagt. Aldi verlangt jetzt für die dünnen Obsttütchen einen symbolischen Cent. Lachhaft. Hatterer der seit seiner Aufklärung der beiden Cold Cases Fälle große Anerkennung in Polizeikreisen genießt, freut sich auf das kommende Wochenende und auf sein Söhnchen Delcy. Er hatte den Mord an den korrupten „Vermögensberater" Leo Meier aus Marktbreit aufgeklärt. Bei der Urnenbeisetzung des Betrügers war niemand anwesend, nicht mal ein Pfarrer. Der Bestatter stellte die Urne ins Regal. Fertig. Der zweite Mordfall an der Metzgergattin Ines Großmeier war spektakulär, er musste mit seiner damaligen Kollegin und Lebensgefährtin, zur Aufklärung, bis in die Karibik reisen.

Die Mutter seines Sohnes hatte sich dann nach ein paar Monaten Ehe von ihm abgewendet und ist ihrer gleichgeschlechtlichen Orientierung gefolgt und lebt jetzt mit einer Frau zusammen.

Die Obduktion der beiden Toten vom Mainufer hatte ergeben das beide mit einem dünnen Draht oder einem ähnlichen Gerät erdrosselt wurden. Yogi wurde die

Aufgabe übertragen, in den nächsten Tagen, vergleichbare Fälle zu suchen.

Das schwarze Funktions-Shirt klebte an der Haut es war heiß und schwül als Hatterer am nächsten Morgen das Büro betrat. Er war im Fitnessstudio und hat seine Muskeln gestählt. Morgens um sechs Uhr, wenn der Bewegungstempel öffnet, sind nur wenige Menschen an den Hanteln. Zu Ihnen gehört auch der Orthopädieschuhmachermeister Jürgen Gernhardt, der sich mit seinen Mitarbeiter Enrico Stuck ebenfalls fit für den Tag macht. Zu den Morgengästen gehören außerdem noch ein Manager einer größeren Firma für Kabelstränge, ein Solartechniker, jedenfalls steht das so auf dem Lieferwagen mit dem er immer zum Training kommt. Gefürchtet bei allen eine Frau die sich immer maßlos darüber aufregt, wenn jemand die Gewichte knallen lässt. Nach dem Duschen nochmal tief die Morgenluft einatmen dann stieg er in seinen Focus und fuhr auf die Dienststelle.

Marlene Rupisch war schon anwesend und hatte sich einen Tee aus Erdbeerblättern gekocht. Sie konnte Hatterer ein leises Guten Morgen entlocken um aber dann gleich auf Ergebnisse ihrer Recherche hinzuweisen, dass nämlich niemand aus der Laufgruppe als Mörder in Frage käme. Alle Teilnehmer an diesem tragisch endenden Tag hatte sie durchleuchtet und es gäbe keinerlei Anhaltspunkte für einen Täter bzw. Täterin aus der Gruppe. „Bist du dir da sicher?", fragte Hatterer und bedankte sich bei ihr für die geleistete Arbeit und deutete an das er sie gerne zum Mittagessen einladen würde.

Marlene erwiderte das sie lieber ein Gläschen beim sogenannten Brückenschoppen* trinken würde. Ein Bratwurstbrötchen würde ihr reichen. Das kam Hatterer sehr zupass, wollte er doch auch nicht zu viel Essen und somit war die Einladung für ihn auch erschwinglicher, dachte er so in seinem Innersten. An der alten Brückenplastik von Richard Rother, die an die Gefallenen und Vermissten beider Weltkriege erinnern soll, stellten sie, in der Mittagspause, den halbtrockenen Bacchus des Sulzfelder Weingutes Rumpel auf die Brüstung des Brückenpfeilers und mamften ihre Bratwurstbrötchen. Hatterer fragte dann beiläufig Marlene ob sie einen Freund in Amberg hatte und wieso sie sich nach Kitzingen versetzen ließ.

Äußerst nervös antwortete Frau Rupisch das ihm das eigentlich nichts anginge. Doch dann, nach einer kleinen schweigsamen Weile, sprudelte es aus ihr heraus. Sie sei in Amberg gemobbt worden. Es wurde Stadtbekannt das der von ihr über alles geliebte Ehemann seit Jahren eine Geliebte hatte und sie nichts davon ahnte. Bei einem Polizeieinsatz bogen es die hinterfotzigen Kollegen so hin, dass sie es war die ihren Mann mit der wesentlich jüngeren Geliebten im Bett In flagranti erwischen musste. Sie hielt das ständige Getuschel und heimliche Gelächter nicht mehr aus, der Stachel saß zu tief und sie ließ sich hierher von der Oberpfalz nach Unterfranken versetzen um endlich Ruhe zu haben. Hatterer stellte eine gewisse Äquivalenz im Leben von ihnen beiden fest. Sagte aber nichts weiter dazu. Manchmal reicht zuhören „So, dann stoßen wir jetzt mal an. Jetzt weißt du alles was wichtig über mich ist. Ich bin die Marlene, ab heute duzen wir uns. Wichtig für mich das du es weißt ich möchte in der nächsten Zeit keine Beziehung mit einem männlichen Wesen anfangen. Die Enttäuschung sitzt immer noch sehr tief!" „Danke für deine Offenheit, das habe ich nicht erwartet. Gut das du den Mut aufgebracht hast es mir zu erzählen. Es ist immer besser sowas von dem Betroffenen selber zu erfahren. Aber ich bin mir sicher, dass dies nicht das Wichtigste in deinem Leben war oder ist. Eine schlimme Episode, die du schnell vergessen musst. Ich bin der Arne. Prösterchen!" Die Gläser hatten einen guten Klang. „Hmm der Tropfen ist gut!" Dann fing Arne an und erzählte seine Lebens Story. Die Geschichte mit seiner Frau und dem Söhnchen Delcy ging Marlene ziemlich zu Herzen.

Zur gleichen Zeit stolperte in Rothenburg ob der Tauber ein junger Flüchtling aus Somalia einen steilen Abhang hinunter zur Eiswiese. Er hatte Feierabend und war sauer das der Backstubenleiter ihn, seiner Meinung nach, verarscht hatte. Er machte sich über den Koran lustig und sagte zu Chabti, das in der heiligen Schrift steht, dass er zwei Hände habe und diese eben einsetzten könnte. Er war dabei Brötchen-Teiglinge auf ein Band zu setzen. Er verrichtete die Tätigkeit nur mit einer Hand und die Produktion kam so ins Stocken. Der Text des Bosses war es aber jetzt nicht worüber er sich besonders aufgeregt hätte, das war er gewohnt das er angepflaumt wurde. Chabti war sauer, weil er obendrein auch noch sein Handy, am Morgen auf dem Weg zu Arbeit, verloren hatte. Der Nieselregen hatte zugenommen und war mittlerweile in einen veritablen Dauerregen übergegangen. Chabti war vollkommen durchnässt. Er wollte so schnell es ging in sein bescheidenes Zimmer am anderen Ufer der Tauber. Es war in einem alten Haus aus dem letzten Jahrhundert.

Er stammte aus Berbera einer Hafenstadt im Norden Somalias am Golf von Aden, im international nicht anerkannten Somaliland. Die Einwohnerzahl der Stadt beträgt laut Schätzungen über 200.000 Einwohner, genau weiß das niemand. Überwiegend handelt es sich dabei um Angehörige des somalischen Clans der Issa. Die Stadt liegt am Rande der heißen und trockenen Küstenebene Guban. Im Sommer werden dort Temperaturen um die 42 Grad und mehr erreicht. Chabti floh mit 16 Jahren als islamistische Milizen ihn zum Dienst an der Waffe verpflichten wollten. Halb verdurstet wurde er als blinder Passagier im Suezkanal auf einen Öltanker entdeckt und in Alexandria, der nordägyptischen Hafenstadt ausgesetzt. Dort schaffte er es nach einiger Zeit einen Job in einer Touristenbar zu bekommen. Er spülte Gläser, kümmerte sich um den Abfall und fand nach einem halben Jahr eine Geldbörse eines deutschen Touristen mit 750 Euro Inhalt. Mit dem Geld erkaufte er sich eine Überfahrt nach Genua, wo er im dortigen Hafen Porträts von Touristen zeichnete. Er hatte künstlerisches Talent was das Malen anging und sein Geschäft lief gut. Eigentlich hätte er nicht weiter nach dem Glück suchen müssen. Nach einigen Monaten fuhr er aber in einer Schwarzfahrt im TGV nach Paris. Er wollte nach England, stieg aber in den falschen LKW. In Kehl wurde er registriert und nach Mittelfranken selektiert. In einer Großbäckerei machte er jetzt schon im dritten Jahr eine Bäckerlehre. Heute auf dem Weg in den Gasthof wo er ein Zimmer hat, sah er dann etwas Entsetzliches das ihn sein Blut in den Adern gefrieren ließ.

Durch die Gräueltaten der al-Shabaab Miliz, die schon mal Menschen steinigen lassen oder auch köpfen, war er einiges gewöhnt. Aber einen Mord in dieser Form hatte er noch nicht erleben müssen. Er konnte nicht genau erkennen mit was der Mann die Frau erdrosselte. Es war eine Schlinge oder sowas ähnliches. Als er hinter der Allee in den von Büschen gesäumten Weg um die Kurve ging sah er es. Dann rutschte er auf dem Nassen Abhang aus und rutschte ein paar Meter den Abhang hinunter in Richtung des Mannes der ihn nun direkt in die Augen sah. Das böse Gesicht brannte sich in Chabtis Gedächtnis ein. Beide waren vom einsetzenden Regen patschnass. Keine Menschenseele weit und breit. Der Mann ließ den leblosen Körper der jungen Frau wie einen Sack Mehl fallen und rannte sofort in die Richtung in der Chabti auf dem Boden kauerte. Ein Junge der Tausende Kilometer zurückgelegt hatte um in Freiheit zu Leben ist schnell und lässt sich nicht so einfach einfangen. So hängte er den Verfolger locker ab und entwischte ihm. Stundenlang harrte er in einem überdachten Versteck in einem aufgelassenen Steinbruch aus. Als der Regen nachließ kehrte er wieder, in seine Unterkunft, die in einem außerhalb der Stadt liegenden Gasthaus war, zurück. Er hatte sich mehrmals übergeben müssen. Sein Magen knurrte. Er meldete sich noch am

Abend in der Bäckerei krank. An Essbarem fand er nur noch drei Bananen, ein angebissenes Stück Streuselkuchen und ein Flasche Apfelschorle. Nach dem Essen setzte er sich an den Tisch und zog seinen Bleistift und einige Blatt Papier unter dem Bett hervor und fing das zeichnen an.

„Wieso waren da Bilder von Ashley Steiniger in einem Internetportal. Er hatte das in der Wohnung von Peter Sattes gesehen. Irgendwie musste das einen Grund haben". Dachte Hatterer.

Am Abend schaute sich Hatterer dann auf der Online-Community Pixelworld um. Das in Portland ansässige Unternehmen ist darauf ausgelegt, Profi- und ambitionierte Amateurfotografen zu ermuntern, ihre besten Werke auf der Seite hochzuladen. Pixelworld ist eine Plattform zur Darstellung der Bilder zur Inspiration und zur Kontaktaufnahme zu anderen Fotografen. Die Seite verzeichnet über 13 Millionen registrierte Benutzer aus 190 Ländern. Hatterer tippte in die Suchfunktion Kitzingen ein. Die meisten Bilder dort wurden von einem einzigen Fotografen hochgeladen. Insgesamt waren es über 800 Bilder die mit dem Hashtag Kitzingen versehen waren. Aber kein Bild zeigte die beiden Getöteten. Wieso sollte der Mörder auch so blöd sein seine Bilder mit diesen Tags auszustatten. Wenn derjenige der die Bilder dort hochgeladen hatte überhaupt der Mörder ist.

Während er so auf der Seite stöberte, dachte er nach, wer, wieso und warum, vor einigen Jahren, ihm eine

Kugel in den Rücken geschossen hatte. Bei der Durchsuchung des Drogenlabors in Albertshofen wurden so gut wie keine Fingerabdrücke sichergestellt. Die beiden gefangenen Philippinos oder waren es Indonesier konnten auch keine Angaben über die Identität der Gangster machen. Mittlerweile setzte er mit dem Hashtag „Running" die Suche auf Pixelworld weiter 22876 Bilder. „Das dauert doch Tage bis ich da durch bin." Er schenkte sich ein Glas Wiesenbrönner Rotwein ein und fing an sich durch die Seite zu scrollen. Er dachte daran das er am Morgen zu Ansgar fahren musste um seine vorderen Reifen zu wechseln.

Am Morgen auf der Dienststelle las er den Bericht der Spurensicherung. „Die gefundenen Abdrücke im Sand stammen von maßgefertigten Schuhen und hatten die Größe 44 und mussten relativ neu sein. Denn der auf der Laufsohle aufgebrachte Schriftzug Vibrano konnte man noch gut lesen." Dankenswerterweise hatten die Kollegen der Spusi in einem separaten Dokument folgendes geschrieben:" Vibrano ist das Markenzeichen eines Orthopädieschuhmachermeisters aus Kitzingen, der seine Werkstatt und Verkaufsräume gegenüber des Königsplatzes hat." Hatterer musste los er hatte einen Termin zum Reifenwechseln bei Ansgar Willinger. Beim Fahren dachte er dann das sie so schnell wie möglich mit dem Orthopädieschuhmachermeister reden müssten.

Rothenburg ob der Tauber das im internationalen Tourismusgeschäft als Symbol des mittelalterlichen Deutschlands bekannt ist, wird zu fast jeder Jahreszeit von Touristenströmen überrollt. Auf der Stadtmauer kann man den historischen Stadtkern fast komplett umrunden. Mit unzähligen Souvenirläden und Restaurants hat man sich auf den Besucheransturm sehr gut eingerichtet. Es gibt sogar Läden die sich ausschließlich auf chinesische Kundschaft spezialisiert haben, sozusagen von Chinesen für Chinesen. Ein beliebtes Souvenir sind die zum Teil sehr trockenen Schneeballen, ein Fettgebäck das mit Schokolade oder Zuckerglasur finisiert wird.

Zum bekannten Taubertal Festival sind es nur noch wenige Wochen und ausgerechnet unweit des Veranstaltungsgeländes in der Nähe der Eiswiese finden Spaziergänger jetzt eine weibliche Leiche, die in einem Ameisenhaufen abgelegt wurde. Sie war mit Laufschuhen und Funktionssportsachen bekleidet und sie muss wohl schon einige Tage im Taubergrund gelegen haben bevor man sie fand. Die Ameisen hatten sich schon gütlich an ihr getan.

Aus der Ferne beobachtet ein junger, farbiger Mann die Arbeiten der Kriminaltechnik, er sieht die Männer mit den weißen Anzügen, den Leichenwagen und viele Schaulustige. Pressefotografen machen Fotos und er muss schon wieder kotzen.

Es ist jetzt Ende Juni. Die sommerlichen Kornfelder leuchten. Hoch Ulla heizt richtig ein für die ganze Woche sind Temperaturen von weit über 35 Grad vom Wetterbericht gemeldet. Im Büro laufen sich die

Ventilatoren einen Wolf. Es ist drückend heiß. Hatterer kam von Ansgar zurück er konnte den Fokus gleich wieder mitnehmen, Ansgar hatte die Reifen sehr schnell wechseln können.

Er wollte gerade erklären wem sie jetzt einen Besuch abstatten sollten, da wird die gesamte Soko zu einem Einsatz an den Kitzinger Mainkai gerufen. Im Polizeibericht steht dann später: Polizeieinsatz in Asylbewerberunterkunft - 32-Jähriger mit Unterstützung des Spezialeinsatzkommandos festgenommen. Ein 32-jähriger Afghane widersetzte sich am Dienstagvormittag seiner geplanten Abschiebung und verschanzte sich in einem Zimmer der Asylbewerberunterkunft am Oberen Main Kai. Ein Großaufgebot an Einsatzkräften von Polizei, Feuerwehr und Rettungsdienst befand sich unter der Einsatzleitung des Kitzinger Dienststellenleiters vor Ort. Etwa gegen 07:00 Uhr begaben sich Beamte der Polizeiinspektion Kitzingen und der Operativen Ergänzungsdienste Würzburg zur Asylbewerberunterkunft am Oberen Main Kai. Eine afghanische Familie, deren Abschiebung in ihr Heimatland geplant war, sollte abgeholt und zum Frankfurter Flughafen gefahren werden. Die gesamte Familie ist seit dem 29. Mai 2018 vollziehbar ausreisepflichtig, nachdem ihre Asylanträge als offensichtlich unbegründet abgelehnt worden waren. Vorherige Angebote zur freiwilligen Ausreise wurden von der Familie abgelehnt. Als die Beamten die Wohnung betreten hatten, zog der 32-jährige Familienvater ein Messer und bedrohte sich damit selbst. Die Polizisten forderten umgehend Unterstützung an und zogen sich aus der Wohnung zurück. Der Bereich um die Unterkunft wurde weiträumig abgesperrt. Versuche, auch mittels eines Dolmetschers, den Mann zum Aufgeben zu bewegen, schlugen anfänglich fehl. Während ständig Kontakt zu dem 32-Jährigen gehalten wurde, wurde zur Sicherheit der eingesetzten Beamten und auch des 32-Jährigen, der weiterhin drohte, sich selbst etwas anzutun, ein Spezialeinsatzkommando und Beamte der Verhandlungsgruppe hinzugezogen. Gegen 11:00 Uhr konnte der Mann schließlich zum Weglegen des Messers bewegt und unverletzt in Gewahrsam genommen werden. Im Anschluss kam er zur ärztlichen Behandlung in ein Krankenhaus. Über den weiteren Verbleib des 32-Jährigen wird Kontakt mit der zuständigen Regierung von Unterfranken aufgenommen. Die schwangere Ehefrau sowie die drei Kinder des Mannes trugen keinerlei Verletzungen davon. Sie wurden auf Anordnung der Regierung von Unterfranken durch eine Streife zum Flughafen Frankfurt gebracht, um die geplante Abschiebung durchzuführen. Zurück nach Kabul.

Hatterer, Rupisch, und Weber können nach einer Stunde wieder abziehen.

Hatterer hatte die Kollegen*in während der „Belagerung" aufgeklärt. Mit Marlene lief er durch die Altstadt zu dem Schuhmacher. „Wir kennen uns!", war die Begrüßung. „Ich weiß, ich bin aber wegen etwas anderem hier". Er zeigte seine Dienstmarke, stellte seine Kollegin vor und fragte nach einer Kundenkartei. Dann zeigte er die Bilder der Schuhabdrücke im Sandhaufen. „Uhh, Sie kennen das ja mit dem Datenschutz, ich gebe nur ungern Kundendaten preis. Aber wenn es sich um Mord handelt dann geht das wohl nicht anders!" Hatterer Blick wurde eindringlicher als er sagte das er, der Schuhmacher sogar dazu verpflichtet sei. „Kommen sie mit!" Dann rief er zu seinem Mitarbeiter das dieser in den Laden solle. „Enrico Kunden geh nach vorne, mach du das mal!" Dann beim Gang ins Büro zu Hatterer gewandt: „Sie müssen das ja nicht überall herumposaunen!" „So dann schauen wir mal!" Nach einer Weile dann: „Von dem Vibrano habe ich heuer nur ein einziges Paar in Größe 44 verkauft. Er kostet 720 Euro und ist ein richtiges Schmuckstück. Hier schauen sie mal." Hatterer und Marlene sahen einen richtigen Dandy Schuh mit zweifarbigem Oberleder in braun/weiß. „Sowas trägt man doch nur beim Pferderennen oder auf dem Golfplatz!" entfuhr es Marlene. Hatterer nickte leicht und dann zum Schuhmacher gewandt sagte er ihnen das Bild bitte zuschicken könnte. Er gab die Adresse und beide verabschiedeten sich höflich und voller Ehrfurcht von dem Handwerksmeister. Dann drehte er sich noch einmal in Colombo Manier um und fragte den Schuhmachermeister ob er den Namen des Kunden kenne. „Leider nein, er hat bar bezahlt und ging wieder. Ich hatte den Eindruck das der Mann ein Osteuropäer war". „Könnten sie ihn beschreiben!" „Denke schon!" „Dann lade ich sie ein auf unsere Dienststelle zu kommen. Wann hätten sie denn Zeit!"

Am nächsten Tag Maria Himmelfahrt, in Kitzingen kein Feiertag. Ein Baumarkt gibt die neunzehn Prozent Mehrwertsteuer an seine Kunden zurück. Die Stadt wird von Kunden aus der Umgebung überflutet. Halb

Würzburg ist in der kleinen Stadt am Main versammelt. Edgar Loder geht mit Heiner Lobinger zum Carp-Angeln und verspricht dem Rest der Soko sie einmal zum Fischessen einzuladen.

Hatterer geht kurz in einen Discounter und bekommt beim verstauen seiner Einkäufe einen kleinen Streit auf dem Parkplatz mit.

Ein Mann der mit seinem Auto so parkt, dass er den Behinderten und den Mutter-Kind-Parkplatz gleichzeitig belegt (muss man auch erst mal schaffen) steht am Tank seines Autos und diskutiert mit einer Mutter mit E-Lasten-Rad und 2 Kindern auf ihren Fahrrädern daneben. "Ja und, es ist mir scheißegal, dass Du das asozial findest, mir doch wurscht ob deine Bälger dann glauben ein Umweltproblem zu haben. Irgendwie muss man sich ja gegen den Ökoterrorismus der da oben herrscht wehren" Die Dame hat versucht weiter zu argumentieren, dass der Klimawandel halt stark vom Menschen komme, dass die Benzinpreise gerade nicht von der Politik in die Höhe getrieben werden....Hatterer überlegt ob er dem streitbaren Anzugträger noch sagen sollte, dass es nicht die klügste Idee ist, bei einem BMW X5 M50i Sonnenblumen- und Rapsöl in den Tank zu kippen (müsste mit dem i ja ein Benziner sein) aber er dachte die Diskussion gibst du dir jetzt nicht, er hat eh schon 4 Flaschen reingekippt die leer im Einkaufswagen liegen.

Eine IWC Mariage Armbanduhr, Handaufzug, mit Punze 1919, gebläute Zeiger, alubronce, vergoldetes Werk, Schwanenhalsfeinregulage, Portugieser Werk mit einer Höhe von 4,3 mm. Wandert in die Asservaten-kammer sie hatte ein abgerissenes Lederband und man fand es in der Nähe der Toten. Der Finder war ein selbstständiger Gemüsegärtner, der die Uhr beim Anpflanzen der Kitzinger Attraktion „Salatblume*" fand. Kopfsalat, Eichblatt, Lollo-Rosso, Salanova, Endivie, Batavia und Eissalat. 10000 Stück. wurden in diesem Jahr von 200 Helfern angepflanzt. Dazu noch Blaukraut, Wirsing, Weißkohl, Kohlrabi und Grünkohl. Die Kitzinger Bürger*innen freuen sich jedes Jahr darauf gesunden, preiswerten Salat abernten zu können.

Das Wetter der abgelaufenen Woche zeigte was Klimawandel bedeuten kann. Verdammt heiß mit hoher UV-Strahlung.

Greta will mit einem Segelboot den Atlantik überqueren.

Eine nächtliche Explosion hat einen riesigen Krater in ein Weizenfeld nahe Großlangheim gesprengt. Ein Blindgänger aus dem Zweiten Weltkrieg hatte sich selbst entzündet und war die Ursache des Knalls. Damit hatten die Ermittler der Mordfälle aber nichts zu tun.

In der Nacht durchsuchte Hatterer wieder die Seiten von Pixelworld. Zehn Prozent der Bilder hatte er jetzt durchgeschaut und ihm ist immer noch nichts aufgefallen. Seine Großtante Petra hat ihren Besuch angekündigt. „Das auch noch!!", dachte er. Eigentlich kann er sie aber ganz gut leiden, oft geht ihm aber ihr Gelabber auf den Senkel.

Zur selben Zeit in Meran erklärt Vice Questore Annemarie Thaler das der Tod einer Läuferin kein Unfall, sondern ein gezielter Mordanschlag war. Die angeblich gut trainierte Bergläuferin aus einer Stadt im nördlichen Bayern hatte keine Chance. Sie wurde mit einer Drahtschlinge erdrosselt. Sie hielt sich mit anderen Läufern/innen zum Training in Südtirol auf.

Am nächsten Tag stellten Marlene Rupisch und Yogi Weber nach längerer Recherche fest das von der IWC Mariage nur eine einzige Maßanfertigung in Alu Bronze mit der Gehäusenummer A05/3001 verkauft wurde. Sie ging 1987 in die damalige UDSSR, mehr war nicht über den Käufer bekannt. Wahrscheinlich irgendein Botschafter, stellten die beiden lapidar fest. Demnach könnte der Besitzer der Uhr der Täter sein und er könnte russische Wurzeln besitzen.

Das Diensttelefon auf Hattereres Schreibtisch klingelt: „Hier Rupisch am Apparat Hatterer Kripo Würzburg, Außenstelle Kitzingen. Was kann ich für sie tun?" „Hallo he es Matant Petra, kann isch Arnilein ens haben?" Marlene Rupisch streckten den Telefonhörer erstaunt von sich, dann sprach sie in die Muschel „You com from? Nederlands?", die Antwort im gequälten Hochdeutsch war dann: „Süße, jetzt mach mal keine Mäuse ich möchte Hatterer sprechen! Ist das so schwer!", „Er ist nicht da liebe Frau. Er holt sich einen Döner!", Marlene hörte einen tiefen Schnaufer und dann ein bedrückendes „Ja danke, ich ruf dann nochmal an. Sagen sie ihm das ich bei den Nachbarn warte und er soll nicht so viel Fettiges essen!" „Ich richte es aus

Wiederhören!" Yogi schaute verdutzt „was war das denn?" „Das war Tante Petra!"

Wenige Augenblicke später öffnete sich die Bürotüre und mit vollem Mund, an dessen Rändern sich gestiftelte Karotten und Knoblauchsoße festgesetzt hatten, fragte Hatterer: „Sprecht ihr von meiner Großtante Petra? Hat sie angerufen", „Ja und sie wartet bei den Nachbarn und du sollst nicht so viel Fettes essen!"

„Ich mache heute eine halbe Stunde früher Schluss und morgen muss ich mich um meine Großtante kümmern. Bis dahin suche ich auf Pixelworld mit bestimmten Parametern nach Joggingbildern! Ihr könnt ja wegen der IWC weiter recherchieren! Später kommt auch der Schuhmacher mit seinem Gesellen wegen der Phantomzeichnung."

Marlene machte es sich auf dem Bürostuhl bequem, legte die Beine auf den Schreibtisch und sah den Feinstaub im Sonnenlicht tanzen. Dann schloss sie die Augen und träumte von einem blonden Jüngling. Sie drehte dabei an ihrem Talisman, ein Ring aus Weiß- und Gelbgold den sie von ihrer Mutter gerbt hatte. "Got My Mojo Working".

Hatterer hatte seine Großtante überschwänglich begrüßt. Er wusste das ihr das so gefällt. „Jetz wirds ävver och zick dat de küss. Ding Nohber es ija a richtiger Stockfesch!", sagte sie ihm dann aber trotzdem vorwurfsvoll. „Ich weiß. Schleret ist bei seiner Tochter in Australien und Heribert ist halt ein sehr schweigsamer Mensch. Jetzt komm erstmal rein, ich mach dann einen schönen Kaffee für uns und danach gibt's ein

Eierlikörchen. Schau mal was ich da für einen schönen Kuchen gekauft habe." Hatterer öffnete vorsichtig das Kuchenpaket das er in seiner Mittagspause in einer kleinen Konditorei am Krainberg gekauft hatte. „Wat sull dat för a Kooche sie siht irgendwie geplättet us." Es wunderte ihn nicht das seine Großtante so reagierte. So war sie halt. „Das ist ein korsischer Schichtapfelkuchen!" Nachdem Großtante Petra zwei Stückchen hineingeschaufelt hatte, sagte sie zu ihrem Großneffen das sie sich jetzt ein bisschen hinlegen werde und ein Verdauungsschläfchen halten wird. Hatterer trug ihr Gepäck auf ihr Zimmer, gab ihr zwei Küsse auf die Wangen und ging hinunter und setzte sich, nachdem er den Kaffeetisch abgeräumt hatte an seinen PC.

Zur gleichen Zeit in der Dienststelle fertigte Yogi unter Anleitung der beiden Schuhmacher das Phantombild an. „Genau so sah er aus. Gute Arbeit!" Der Schuhmachermeister klopfte Yogi anerkennend auf die Schulter und verabschiedete sich.

Nach zwei Stunden Bilder anschauen. Hatterer wollte gerade Schluss machen als er auf einer Galerie landete, die Frauen beim Running vor irgendwelchen Sehenswürdigkeiten in verschiedenen Städten zeigte. Sergey Volkov fotografierte, so wie es aussah, in Colmar, Straßburg, Hamburg, Petersburg, Rothenburg ob der Tauber und vielen weiteren Städten. Die letzten Bilder hatte er aus Kitzingen mit der Waterfront, das Rothenburger Postkartenmotiv Plönlein, den Sissi-Weg zum Schloss Trauttmansdroff mit seinen Terrassengärten in

Meran hochgeladen. Datiert waren sie alle mit der jetzigen Jahreszahl. Er wollte noch kurz seine Kollegen anrufen, doch die hatten sich bereits in den Feierabend verabschiedet. Er druckte das markante Profilbild von Volkov, dessen Bolotie* unter dem gebügelten Hemdkragen besonders auffiel, aus. Dann bekam er eine Mail von Yogi. Er verglich die Bilder. Dann antwortete er Yogi mit den Worten: „Das ist unser Mann! Schönen Abend noch!" Dann fuhr nochmal los um Wasser einzukaufen das er vergessen hatte zu besorgen.

Großtante Petra war die Schwester von Hatterers Großvater. Sie hatte sich gut gehalten und war das Nesthäkchen der sechsköpfigen Familie gewesen. Lange Jahre lebte sie in Brasilien und Portugal und war dort in den deutschen Botschaften jeweils als Dolmetscherin angestellt. Mit ihren 76 Jahren sah sie immer noch gut aus. Ihre ehemals blonde, lange Haarmähne war noch nicht ganz ergraut.

Nachbar Schlereth war noch bei seiner Tochter in Australien. Seine Tante saß, nach ihrem ausführlichen Spaziergang, auf dessen Gartenbank vor der Eingangstür im Vorgarten. Es war der einzige Ort wo noch ein bisschen Sonne war. Die Hitze der letzten Tage war verflogen. Tante Petra las in einem Buch. Sie schaute ihn über die Lesebrille hinweg an und stellte fragend fest das er jetzt auch schon da sei. „Du weißt schon das dein Opa heute 100 Jahre alt geworden wäre! Wir gehen später noch ans Grab". Hatterer schloss die Haustüre auf, trug den Kasten Plose Wasser, denn nur das trank seine Großtante, hinein musste dabei lachen und fragte seine Großtante ob sie, nur deswegen gekommen wäre. „Wegen was bin ich gekommen Arnilein?" „Wegen Opas hundertsten Geburtstag! Den Topf mit Geranien habe ich auch dabei!"" „Meu deus, ich bin gekommen um dich wieder einmal zu sehen, bevor ich ins Gras beiße. Du bist mir doch der liebste meiner ganzen "Bukligen" Verwandschaft. Nicht so ein Erbschleicher wie alle anderen meiner Sippe. Ich möchte mit dir nach Rothenburg fahren und mich in der italienischen Boutige neu einkleiden! Du weist schon wo! Du hast wieder abgenommen, wollen wir irgendwo gut essen gehen!" Darauf scheint die Tante nur gewartet zu haben. "Laß mich erst ein wenig frisch machen!"

Er legte sein Smartphone, Geldbörse und die beiden ausgedruckten Bilder von Volkov auf seinen Schreibtisch und verschwand in der Dusche. Seine Großtante, immer ein wenig neugierig, schaute sich das Bild an. Hübscher Mann dachte sie. Im Geldbeutel ihres Großneffen fand sie nur einen Zehn Euro Schein. "Schon wieder blank der Kleine". Dachte sie. Dann ging es zuerst auf den Friedhof und Tante Petra stellte einen Topf mit Geranien, den Lieblingsblumen ihres Bruders, auf die Steinplatte des Grabes. Sie sprach ein Gebet und sagte zu Hatterer das dieser ab und zu die Geranien gießen könnte.

Im Goldenen Anker in Segnitz gab es zur Vorspeise Salatherz mit Anchovis und Rinderschinken. Dann Kalbszunge mit Rotkohl und danach ein leckeres Dessert mit Himbeeren, weißen Schokoladen Mus und Knuspermandeln. „Sehr lecker hast du gut ausgewählt." „Bitte zahlen!" Großtante Petra funkte dazwischen: „Ich zahle du bist eingeladen!" Auf der Rückfahrt von Segnitz nach Kaltensondheim erzählte sie ihren Großneffen wieder alte Geschichten aus Brasilien die dieser gefühlt schon hundertmal gehört hatte.

Am nächsten Morgen fuhren die Beiden über die Landstraße nach Rothenburg ob der Tauber. Seine Großtante hasste es auf der Autobahn zu fahren. So ging es zuerst nach Marktbreit, weiter über Enheim, Oberickelsheim, Langensteinnach, an einem Landgasthof vorbei nach Rothenburg. Sie stellten den Focus am Parkplatz Galgentor ab und liefen an fotografierenden Chinesen mit Mundschutz und etlichen Schneeballbäckereien vorbei zu einer italienischen Boutique. Die Großtante ließ über 2000.- Euro in der Ladenkasse der strahlenden Besitzerin. Dann schlenderten sie, bepackt mit einigen großen Einkaufsbags der Boutique, an vielen Japanern, Koreanern, Russen und Chinesen vorbei durch die Altstadt, schleckten ein Eis mit Lebkuchengeschmack und schauten sich die Bilder von verschiedenen Straßenkünstlern an die ihre Werke in der Altstadt gut an die vielen Touristen verkaufen konnten. Meistens waren es Bilder von Rothenburg im kitschigen spätimpressionistischen Stil. Aber gerade das scheinen die Asiaten zu suchen. Ein Stand bot dekorative Repliken mit Ägyptischen Dekorationsfiguren an. Ramses, Tutanchamun, verschiedene Katzenköpfe und einiges mehr. Ein kleiner Junge, erklärte im Vorübergehen, seinen Eltern naseweis das früher bei den Pharaonen das Gehirn aus deren Nase gezogen wurde bevor sie mumifiziert wurden. Hatterer musste lachen.

Das Geschäft bei den Künstlern blühte. Ganz am Ende der Stände und Buden saß ein junger Mann mit dunkler Hautfarbe, ziemlich einsam, am Boden. Er hatte seine Bleistiftzeichnungen auf der Pflasterstraße ausgebreitet und mit Steinen vor dem davonfliegen beschwert. Großtante Petra erkannte sofort die Qualität der Bilder. Meistens waren es Portraits die Chabti Khalil aus dem Gedächtnis malte. Meistens von schönen Frauen. Hübsche Nubierinnen, oder Frauen mit gelockten Haaren und verspiegelten Sonnenbrillen. Hatterer fiel ein Portrait eines Mannes ins Auge das ihm irgendwie bekannt vorkam. Er nahm sein Smartphone und machte ein Foto von der Zeichnung. Petra Danovovski kaufte ein Portraitzeichnung einer jungen afrikanischen Langhalsfrau mit den typischen Ringen. Sie gab fünfzig Euro und wollte kein Geld zurückhaben, der Junge strahlte sie an. Einen weiteren fünfzig Euro Schein steckte sie Hatterer in die Tasche. „Spritgeld!"

Für die Rückfahrt wählte Hatterer die Route durch das Taubertal, das sie bei Röttingen wieder verließen.

Zurück im Haus führte sie wie eine Diva aus vergangenen Jahrzehnten ihren Großneffen die neuen Kleidungsstücke vor. „Sehr schön, wie lange willst du eigentlich bleiben? Ab Montag muss ich wieder arbeiten!" Sie schaute ihn verdutzt an und sagte dann vorwurfsvoll, dass sie ihm doch geschrieben hätte das sie Minimum zwei Wochen bleiben würde. Hatterer stöhnt. „Okay, kein Problem. Ich muss dich dann zwangsläufig in meine derzeitige Arbeit einweihen. Vier Augen sehen halt auch mehr als zwei. Außerdem was willst du sonst hier draußen in der Einsamkeit Kaltensondheims machen. Nachbar Schlereth weilt mit seiner Frau ja noch in der Südsee." Tante Petra schmunzelte: „Auja das wird interessant! Um was geht es in deinem neuen Fall!"

Tante Petra konnte ihn aber auch nicht weiterhelfen. Hatterer war froh als sie sich entschloss am nächsten Tag dann doch wieder nach Hause zu fahren.

Als er nach einer Woche wieder im Büro aufkreuzte schauten ihn die Kollegen/innen groß an. Yogi ließ sich zu der Bemerkung hinreißen ob die „Alte" wieder weg sei.

Zu Hause in Darmstadt angekommen schaute Petra auf ihren großen PC-Bildschirm noch einmal die Bilder auf der Online Plattform Pixelworld durch. Sie schlürfte genüsslich an ihrem Glas mit russischem Rauchtee. Plötzlich fiel ihr ein Gesicht auf das sie schon einmal irgendwo gesehen haben musste.

„Das ist doch der Mann auf der Zeichnung des Jungen in Rothenburg!", murmelte sie leise vor sich hin. „Jetzt lege ich mich aber erst einmal hin". Dabei dachte sie wie schön es ist in einer klimatisierten Wohnung zu leben. Tante Petra lebte nach dem Motto lieber im Taxi weinen als im Bus. Sie hatte einen reichen Mann geheiratet, aber selber auch viel gearbeitet und gutes Geld verdient. Ein bisschen Luxus musste schon sein. Nach dem Nickerchen rief sie bei Hedwig ihrer Zugehfrau, wie sie sie bezeichnete, an und fragte ob diese vorbei kommen könnte um die Koffer auszupacken.

Hedwig Häffele hatte es nicht so gut erwischt wie sie. Die Konditorei ihres Mannes ging in Insolvenz, er machte Selbstmord und ließ sie mit den Schulden alleine sitzen.

Nach ihrer zwangsläufigen privaten Insolvenz, sie hatte dummerweise das Erbe angenommen, ging sie putzen und irgendwann landete sie bei Großtante Petra. Mittlerweile ist sie aus dem Gröbsten raus, sie bezieht eine kleine Rente, hat aber einige Jobs beibehalten unter anderem bei Petra. Die beiden Frauen begegnen sich auf Augenhöhe. Man kann sagen Hedwig und sie sind gute Freundinnen geworden.

„Das ist für dich, ziehe es doch mal an!" Es war ein schönes Jersey Kleid in Black and White Optik mit einer Figur freundlichen Schnitt mit seitlichen Raffungen im Vorderteil. Hedwig hatte ein paar Kilos zu viel, aber das Kleid kaschierte diese vortrefflich. Es stand ihr sehr gut. „Für mich, du bist verrückt. Danke!" Hedwig ging in die Küche kochte Kaffee und packte den selbstgebackenen Marmorkuchen aus der eckigen Tubberdose. Nach einer Stunde tratschen und Koffer auspacken verabschiedete sich Hedwig wieder. Ihr nächster Job wartete auf sie. Petra legte sich auf die Couch und schaute noch ein bisschen Fernsehen. Dabei nickte sie ein.

Mitten in der Nacht ging Hatteres Telefon. Er sah Großtante Petras Nummer im Display und dachte was die denn mitten in der Nacht schon wieder will. „Du musst den Fernseher anschalten. 50 Jahre Woodstock, du weißt doch das ich als junge Frau dort war. Es gibt eine tolle Dokumentation und beim Auftritt von Country Joe McDonald sieht man mich. Ich habe obenrum nichts an!" „Wie nichts an und deshalb weckst du mich mitten in der Nacht!" „Na nichts an heißt ich war obenrum nackt aber ich habe was Wichtiges vergessen dir zu sagen." „Was hast du vergessen?" „Du hast mir doch diese Online Bildergalerie von Pixelworld gezeigt und mich gefragt ob mir etwas aufgefallen sei. Schau mal auf das Profilbild von diesen Volkov und vergleiche es mit der Handyaufnahme von der Bleistiftzeichnung des jungen Mannes das du in Rothenburg gemacht hast. „Warte, ich muss erst den PC hochfahren!" Nach einer Weile dann: "Du hast recht, das könnte Volkov auf dem Bild sein. Der hat auch so eine Bolotie um den Hals. Am besten ich fahre da morgen mal nach Rothenburg und suche den jungen Mann. Danke Petra!" „Keine Ursache mein Kleiner!" Natürlich hatte es Hatterer schon selber gemerkt, dass es dieser Volkov war den der Jüngling da porträtiert hatte. Jetzt hatte er drei Bilder die Volkoy zeigten.

„Alles im Lot, Guten Morgen!" Marlene schaute ihn belustigt an. War es seine Boris Johnson Frisur oder der Kaffeefleck auf seinem weißen Shirt, den er selber noch gar nicht bemerkt hatte. „Was!" „Wir haben weitere Tote Frauen die mit unserem Fall in Zusammenhang stehen könnten. Anna von Bodenlaube wurde in Rothenburg beim Frühsport erdrosselt, eine weitere Frau, Maria Sutner heißt sie, bei einem Laufwettbewerb im Steigerwald, genauer gesagt nach dem Baumwipfelpfad Lauf in der Nähe von Ebrach, wobei dieser Mord früher geschehen ist als die beiden Morde bei uns. Ebrach ist Oberfranken und du weißt ja selber wie es mit der Kommunikation zwischen den Bezirksdirektionen läuft!" „Beschissen!" Hatterer fasste zusammen und merkte dabei das die Morde in einem Turnus von einem Monat stattfanden. „Wir haben es hier wahrscheinlich mit einem mordlustigen, skrupellosen Serienkiller zu tun. April in Ebrach, Mai in Kitzingen und Juni in Rothenburg. Wenn dem so wäre müsste eine Soko gebildet werden. Ihr wisst was das bedeutet!" Marlene und Yogi schauten verdutzt drein.

„Mir müssen nach Rothenburg fahren und einen jungen Mann suchen. Ich nehme an das er ein Flüchtling ist." Marlene schaute ihn fragend an: „Warum?" Hatterer erklärte ihr was seine Tante herausbekommen hatte. Sie setzten sich an den PC gingen ins Netz und schauten sich auf Pixelworld die Seite von Sergey Volkov an. Eigentlich war nichts Außergewöhnliches zu sehen. Bilder von Städten, Bauwerken, Denkmäler und Ähnliches. Aber dann doch immer wieder Joggerinnen vor Bauwerken die wie es auf dem ersten Blick aussah rein zufällig durch das Bild gelaufen sind. "Und sie hat dich wirklich um 3 Uhr nachts angerufen!" „Ja, verdammt. Ist das jetzt wichtig!" Yogi und Marlene mussten schadenfroh lachen

In der Arktis und anschließenden Regionen toben Waldbrände in einem bislang nicht gekannten Ausmaß. In Alaska, Kanada und Sibirien gibt es Dutzende Brandherde. Dadurch gibt es auch eine extreme Luftverschmutzung und Erzeugung von Hitze, wie aktuelle Cams-Daten zeigen. Demnach waren die CO_2-Emissionen in der Arktis mit 60 Megatonnen für den Monat Juli bislang doppelt so hoch wie in den entsprechenden Monaten der Vorjahre.

Hatterer schaltete auf einen anderen Sender, er konnte es nicht mehr hören. Es war Anfang August, am Samstag war der Mainfranken Triathlon gestartet worden, die vielen Bilder die dort von verschiedenen Fotografen gemacht und im Internet hochgeladen wurden wollten sie natürlich anschauen. Yogi wird sie in den nächsten Tagen sichten. Es war aber ehr unwahrscheinlich das das Phantom Volkov hier nochmal in Kitzingen zuschlug. Hatterer fuhr mit Yogi zu dessen Wohnung, er war sich nicht sicher ob er den Elektro Herd ausgeschaltet hatte.

Er wohnt in einer schönen Dachwohnung die im Sommer ziemlich warm werden kann manchmal auch richtig heiß. Yogi war erleichtert, der Herd war nicht mehr angeschaltet. Hatterer öffnete ein Fenster, von dem man einen schönen Blick auf die gegenüberliegende Terrasse einer Doppelhaushälfte hat. Er traute seinen Augen nicht als er eine nackte Frau auf einem roten Liegestuhl sah die sich bereits braungebrannt in der Sonne aalte. „Da hast du ja reizvolle Aussichten!", sagte er zu Yogi der gerade hemdzuknöpfend anwackelt kam. „Das ist Marga. Kann schon mal vorkommen das sie mich bittet ihren Rücken einzucremen.!". Hatterer schloss das Fenster wieder, „Oha und sie ist immer nackt!" Yogi band sich seine Brooks Sneaker und sagte dann ruhig was da dabei sein soll, sie ist erklärte FFK Anhängerin, Sonnenanbeterin und schon 65 Jahre alt. „Okay, hat sich gut gehalten so auf den ersten Blick!" „Wollen wir? Ich bin fertig!", erwiderte Yogi gelangweilt.

Sie wollten gerade in Marktbreit auf die Autobahn auffahren als folgende Meldung im Verkehrsfunk kam: „Vollsperrung auf der A7 in Fahrtrichtung Ulm bei Gollhofen, die Bergung dauert bis in den Nachmittag". Ein mit Farbe beladener Lkw war nach Angaben des Nachrichtensprechers im Verkehrsfunk aus zunächst ungeklärten Gründen gegen eine Betonleitplanke gefahren, die die Fahrbahn an der Stelle von drei auf zwei Fahrstreifen verengt. Dabei kippte das Fahrzeug. Zur Bergung ist eine Vollsperrung der Autobahn in Fahrtrichtung Ulm nötig. Die Bergung sei aufwendig und die Sperre wird voraussichtlich noch bis in den Nachmittag hinein andauern. Gefahrgutspezialisten seien bereits unterwegs, um die Lage besser einschätzen zu können. Die Farbeimer müssen per Hand auf einen anderen Lastwagen umgeladen werden, das Fahrzeug in der engen Baustelle muss aufgerichtet und abgeschleppt und die Autobahn aufwendig gesäubert werden. Das nehme mehrere Stunden in Anspruch. Eine Umleitung sei eingerichtet: Autofahrer sollten das Gebiet weiträumig umfahren. „Und dass bei der Hitze, wir drehen um und fahren morgen nach Rothenburg!" Das Wetter hatte sein boshaftes Waffenarsenal ausgepackt.

Auf der Wache mopste er sich aus der Toilette kurz vor dem nach Hause gehen noch ein paar Klorollen. Das machte er immer so. In seinem Klo stapelten sich die Toilettenrollen mittlerweile. Eine Angewohnheit von ihm ist auch, dass er immer mehrere Rollen in Gebrauch hatte. Aufgefallen ist ihm das aber noch nie. Nur seine

Frau hatte sich einige Male darüber aufgeregt. Es regnet immer noch als er nach Hause fährt.

Am nächsten Morgen auf der Wache stellten sich zwei neue Mitarbeiter des LKA vor. Carlos Härtig, ein wohlbeleibter Endfünfziger. „Guten Morgen, mein Kollege Nikos kommt gleich er ist kurz zur Toilette!" Ein Handy klingelte mit dem Klingelton FC Bayern, Stern des Südens! „Was gibt's Nikos?" „Ich schaue was ich machen kann!" Carlos Härtig runzelte die Stirn und fragte mit tiefer Stimme ob es hier auf dem Revier kein Klopapier gäbe. Sein Kollege Nikos Tesfandrias ist auf dem Topf und es ist kein Klopapier vorhanden. „Kommen sie mit!" Härting trottete Marlene hinten nach. Hatterer pfiff den Klingelton und schmunzelte. Yogi sagte dann zu ihm das jetzt eine Bemerkung auf seinen Lippen liegt. Er wusste von der Unsitte Hatterers mit den Toilettenrollen.

Nikos Tesfandrias stellte sich vor. Schlank und dunkelhaarig, schwarze Hose und weißes Hemd mit nach hinten gekrempelten Ärmeln, aus dem sich ein paar schwarze Brusthaare kräuselten. Er konnte seine griechischen Wurzeln nicht verleugnen. Er sprach mit schwachem bayerischem Akzent: „Wir haben mit großem Interesse ihren Bericht gelesen. Leider mussten wir jetzt feststellen das es höchst wahrscheinlich eine weitere Tote aus Franken in dieser Mordserie gibt Annika Amann aus Lichtenfels wurde bei einem Berglauf in der Nähe von Meran erdrosselt aufgefunden!" Hatterer tippte sofort Pixelworld in die Browserleiste. „Scheiße!" Volkov war Ihnen zuvorgekommen.

Der Biometrische Gesichtsabgleich hatte ergeben, dass es sich bei dem Portraitfoto in Pixelworld wirklich um Sergey Iwanowitsch Volkov handelt. Mitarbeiter einer russischen Supermarktkette die in Westeuropa Fuß fassen will.

Edgar Loder ist in aller Frühe am Mainufer und hat seine Angel in die Fluten gehängt. Die Glocken hatten sechs Uhr geschlagen. Nach dem gestrigen sehr warmen Tag ist es noch ziemlich frisch am Wasser. Sein Angelfreund Heiner Lobinger hat ihm etwas von einem großen Waller erzählt. Den möchte er heute gar nicht am Haken haben. Als er so dasitzt und auf das Wasser starrt muss er an den Nacheinsatz von gestern denken. Ein Betrunkener randalierte in einem Bordell. Der Vorfall ereignete kurz vor 23 Uhr in einem Etablissement in der Heinrich-Fehrer-Straße. Der 36-Jährige ist aufgrund seiner starken Alkoholisierung mit einigen Prostituierten in Streit geraten und schlug ihnen ins Gesicht. Der Sicherheitsdienst des Bordells warf den Mann daraufhin aus dem Freudenhaus. Der Betrunkene ließ sich das aber nicht gefallen und trat die Tür ein und betrat wieder das Bordell. Mittlerweile hatten die Bordellbetreiber die Polizei zu Hilfe gerufen. Er und weitere Beamte, brachten den 36-Jährigen zu Boden und fesselten ihn. Beim Transport zur Dienststelle trat der Betrunkene einem Kollegen ins Gesicht, einem anderem schlug er in den Bauch. Beide Beamte erlitten leichte Verletzungen. Der Renitente beleidigte und beschimpfte ihn und seine Kollegen auf das

Übelste. Der Alkoholtest ergab dann einen Wert von 2,1 Promille. Zur Ausnüchterung musste der Mann die Nacht in der Haftzelle verbringen. Ihn erwarten diverse Strafanzeigen, unter anderem wegen tätlichen Angriffs auf Polizeibeamte, Körperverletzung und Beleidigung. Nach Beendigung des Nachtdienstes ist Edgar Loder dann gleich zum Angeln gefahren.

Dann kommt ihm der kriminalistische, wertvolle Gedanke das dieser Volkov doch wohl bestimmt in Kitzingen gearbeitet hat: „Was mecht sunst a Russ in Kitzi!" Er hat nix gefangen. Als er seine Sachen zusammengepackt hatte und zum Bleichwasen Parkplatz zu seinem Auto trottet wird er beim einladen seiner Gerätschaften Zeugen einer ehr unappetitlichen Schreierei. „Steig aus du alte Hure du kommst mir hier nicht rein ins Auto. Ich habe alles für dich gemacht und jetzt lässt du dich hinten im Park auf der Toilette durchvögeln!" Sie kontert: „Du Penner bringst es ja nicht mehr. Für dich gibt es doch nur noch den Scheiß Frankenwein!" Er jetzt wieder: „Du Negerhure, du kannst nach Nürnberg laufen. Du Hure du!" Der Mann fängt das weinen an. Sie: „Dann fahr doch du Depp, ich find schon jemand!" Er abschließend: „Du verdammte Hure lässt dich flachlegen, du hast alles von mir bekommen was du gewollt hast!" Passanten schauen jetzt, der große weiße Audi fährt los. Die Frau schmeißt ihre Handtasche nach ihm. Jetzt fängt die Frau das Heulen an. Edgar Loder geht zu ihr hin. Sie ist Barfuß und der Nagellack an ihrer linken großen Zehe blätterte ab. Er fragt sie ober er sie zum Bahnhof fahren soll. „Hau ab du Penner!" Loder steigt frustriert in sein

Auto und fährt nach Hause. Er ist Müde von der Nacht-
schicht. „Was sind das für Zeiten!", denkt er sich.

„Übrigens wir haben einen Hinweis wegen der Uhr bekommen. Einem Trödelhändler ist sie bei einem Floh-
markt auf dem Kauflandgelände aufgefallen!", murmelte Yogi. „Hier die Adresse!" „Die Adresse kenne
ich. Amselbühl das ist Schorschilein und die dralle Felicitas mit ihrem Sacher". Hatterer schmunzelte,
„Marlene komm wir fahren da mal hin, dass musst du
gesehen haben! Shit, können wir deinen Bus nehmen,
mein Fokus ist zur Reparatur bei Ansgar. Die Umlenk-
rolle vom Keilriemen ist ausgeschlagen."

So wie es aussah hat Schorschilein neue Mitbewohner
bekommen. In einem abgetrennten, eingezäunten Bereich suhlte sich ein großes Hängebauchschwein. „Das
ist Rudolf Mooshammer!", stellte Schorschilein stolz
fest als er aus der Haustüre kam. Mein Gott dachte Hatterer der sieht ja noch abgerissener aus wie im letzten
Jahr.

„Felizitas ist nach Spanien zu einer Beerdigung gefahren. Irgendein Onkel. Mich interessiert das nicht so, ich
gehe auf keine Beerdigungen. Ihr seid sicher wegen der
Uhr da die ihr in den Polizeinachrichten veröffentlicht
habt! Auch eine?" Marlene verneinte, sie war Nichtrau-
cherin. Hatterer viel sofort auf das die Zollbanderole an
der Packung fehlte sagte aber nix.

„Ja der Typ war bei mir am Stand beim letzten Trödelmarkt, auf dem Kauflandparkplatz mir ist die Uhr sofort aufgefallen. Kennerblick, wenn du weißt was ich meine!" Hatterer zeigte zur Sicherheit noch ein Foto von Volkov. „Ja das ist er, diese komische Schnur mit der Brosche dran hatte er auch an dem Sonntag um seinen Hals."

Er lachte, die beiden Ermittler mit seinen gelben Nikotinzähnen, an. „Da waren aber noch mehr denen die Uhr aufgefallen ist. Ich meine ein paar Typen sind ihm nachgelatscht. Ich hatte ja meinen Stand ziemlich nahe am Ausgang, mehr weiß ich aber auch nicht. Wollt ihr was trinken." Dabei kratzte er sich an seinem wohlbeleibten Bauch der unter dem Feinripp-Unterhemd hervorblitzte.

„Kennst du die Typen?" Schorschilein lachte, „wie ich so alt war wie die jetzt, da haben die Buben noch ihre verschluckten Legosteine aus der Kacke gepult. Den Einen kenne ich aber, der hängt immer vor der Türkenkneipe am Kolosseum rum. Ist aber selber kein Türke." „Hast du Zeit dann würden wir mal vorbeifahren und du kannst einen Blick aus dem Auto werfen und uns den Mann zeigen." Georg Braun überlegte, nach ein paar Sekunden, sagte er dann das das Kolosseum heute Ruhetag hätte, er kraulte dabei den Hals seines Rottweilers Sacher und meinte das er morgen Zeit hätte. So um fünf wäre es ganz gut für ihn. Hatterer stimmte zu, verabschiedete sich von Schorsch Braun und ging mit Marlene zum Auto. „Was für ein Typ!" sagte Marlene beim Öffnen der Autotür. „Da musst du erst mal seine

Lebensgefährtin sehen. Die ist ziemlich korpulent und rennt immer im transparenten Morgenmantel rum, unter dem sie nix nicht einmal Unterwäsche trägt. Alles wackelt und schwabbelt dann bei ihr, wenn sie durch die versiffte Wohnung rennt. Aber irgendwie scheinen sich die beiden gut zu verstehen!" „Oh mein Gott! Leute gibt's! "

Yogi war Stunden damit beschäftigt die Triathlon Bilder zu sichten. Volkov konnte er nicht entdecken.

Am nächsten Tag um 17 Uhr fuhren Hatterer und Marlene, wie ausgemacht, beim Schorschi vor. Er machte die Türe nicht auf. Sacher beschnupperte die beiden Beamten. Sie hörten die Klospülung. Dann ging die Haustüre auf und er kam angewackelt. Im gehen zog er den Reißverschluss seines Hosenladens zu. Richtete die Hosenträger und stieg ein. Marlene fiel sofort der Geruch von Schweinemist gemischt mit Nikotin und kaltem Schweiß auf. Ein beißendes Gschmäckle. Sie rümpfte die Nase. Über die Umgehungsstraße, der Nordbrücke und dem Kreisel in der Mainstockheimer Straße kamen sie ziemlich zügig zum Kolosseum. „Da das ist einer der Typen die den Uhrenmann nachgelaufen sind".

Timirbulat Temirbek, von seiner tschetschenischen Entourage Timte genannt, war ein stadtbekannter Kleinkrimineller. Zigarettenschmuggel, Gemüsediebstahl von den Feldern der Etwashäuser Gärtner im großen Stil und auch Autoschiebereien hat man ihn schon versucht anzuhängen. Ab und zu wirkt er in Pornos mit. Timte steckte immer irgendwo drin. Aber wie so oft fehlten die Beweise ihm etwas anzuhaben und Pornos sind nicht verboten.

Es war für Hatterer und Marlene nicht einfach ihn zu überreden mit auf die Wache zu kommen. Es gab zuerst ein großes Palaver vor der Eingangstür der Kneipe. Die beiden Kriminalbeamten verstanden kein Wort. Die *Burgerbrötchen-Kurve entschied dann doch für sie.

Im Verhör stellte sich dann ziemlich schnell heraus, dass es ein Handgemenge in der Nähe der Neuen Mainbrücke mit Sergey Volkov gab, quasi auf dem Gelände der *Salatblume. Dabei muss er wohl die Uhr verloren haben. Nach Timtes Schilderung muss sich Volkov heftig gewehrt haben. Er zog in einem Moment als er sich aus einer Umklammerung lösen konnte eine Pistole aus dem Brusthalfter und schoss einen der Angreifer in den rechten Fuß. „Hm Alder, ja so war das. Wir haben dann das Weite gesucht und Volkov, so heißt er doch, ist in die andere Richtung gelaufen. Hey das ist so ein Stier, der Typ. Nix mit take the Money and run." Er lachte.

Timte konnten sie nichts anhaben, er wurde auch nur als Zeuge vernommen und er gab zu Protokoll das er nur Mitläufer gewesen war und er nicht wusste um was es ging. Dem Kumpel dem in den Fuß geschossen wurde kannte er angeblich nicht. Hatterer sagte zu Yogi das er im Computer nachsehen sollte ob an diesem Tag etwas Besonderes gemeldet wurde. Ein Schuss vielleicht oder eine Schlägerei. Hatterer verabschiedete Timte mit den Worten das er sauber bleiben solle. „Immer Herr Oberkommissar! Maschallah! Gott ist mit den Geduldigen!", gab der dann zur Antwort, schmunzelte verschmitzt, steckte sich eine Zigarette an und ging die Treppe der Polizeiwache hinunter. Hatterer war desillusioniert und fuhr Schorschi, der im Nebenzimmer gewartet hatte, nach Hause, er schaute ihm nach und sah wie sein Sacher auf ihn zustürmte. „Vielleicht solle ich mir auch einen Hund zulegen?", dachte er.

Als er wieder auf die Dienststelle ankam hatte Yogi Neuigkeiten. Er las vor: „Es gab einen Anruf auf der Wache am besagten Sonntag, sogar die Urzeit stimmt. Jemand meldete einen Schuss oder sowas Ähnliches! Die diensthabenden Beamten hatten aber zu dem Zeitpunkt sehr viel zu tun. Sie waren damit beschäftigt am E-Center-Parkplatz in der Marktbreiter Straße in Kitzingen eine Sachbeschädigung aufzunehmen. Unbekannte Täter hatten den rechten hinteren Reifen eines geparkten BMW zerstochen. Auf der Rückfahrt viel ihnen ein 41-jähriger Autofahrer, wegen drogentypischen Verhaltens auf. Der Test ergab THC positiv. Eine andere Streife musste in den Lochweg fahren. Ein 70-Jähriger fuhr mit seinem Lkw aus einer Grundstücksausfahrt und übersah einen von rechts kommenden Opel. Es kam zum Zusammenstoß der beiden Fahrzeuge mit hohem Sachschaden. Der 70-Jährige stand unter Alkoholeinfluss und sie mussten mit ihm ins Krankenhaus fahren um eine Blutprobe zu entnehmen. Die dritte Streife nahm einen Unfall mit einem 17-jähriger Motorradfahrer auf, der auf

Bundesstraße 8, zwischen Kitzingen und Repperndorf, einen vor ihm haltenden Mazda rammte und dabei verletzt wurde. Auch hier hoher Sachschaden und Blutentnahme. Später wollte der Anrufer nicht mehr gestört werden." Yogi holte Luft. „Was ist ein drogentypisches Verhalten?" fragte Hatterer. „Keine Ahnung, stand halt so im PC, da musst du die Kollegen fragen. Ich verabschiede mich jetzt. Ich habe ein Date." Als er bereits draußen auf der Treppe war hörte er Hatterer rufen das er viel Spaß haben sollte. Eigentlich ein netter Typ der Hatterer, dachte Yogi, und freute sich auf Mikaela Lindholm. Durch das Dienststellenfenster blitze es hellen Sonnenschein. Hatterer überfiel eine Art Melancholie, er musste an Elsa denken.

Marlene Rupisch kam zur Türe herein. Sie hatte Dienstfrei. Sie brauchte die Zeit für ein paar wichtige Erledigungen. Zusammen mit Hatterer ging es jetzt daran einen Plan auszuarbeiten wie sie die Morde zeitlich einordnen können. „Wir müssen aber unbedingt herausbekommen was der Volkov für ein Typ ist und wieso er in Europa herumreist und junge Sportlerinnen, vornehmlich Läuferinnen umbringt und die er zuvor vor einem Wahrzeichen oder einem bekannten Gebäude der Stadt fotografiert hatte. Ich warte immer noch auf die Anfrage die wir über Interpool an die russische Polizei gestellt hatten!" Marlene schaute ihn erstaunt an. „Du weisst aber schon das ich heute meinen freien Tag habe. Ich wollte nur meine Tasche mit den Einkäufen abholen die ich abgestellt hatte, weil ich nicht alles durch die Gegend schleppen wollte! Komm mach Feierabend. Wir machen morgen weiter!" Hatterer schnaufte tief durch. „Hast ja recht!"

Zur selben Zeit saß Yogi mit seiner Flamme Mika in Würzburg in einem American Diner und sie bestellten sich Burger und anderen Kram. Yogi hatte sich einen Burger mit Premium Beef auf einem Brioche Bun mit Blue Cheese, Rucola, Tomate, Balsamico Zwiebel Chutney und Ranch Dressing ausgesucht. Mika mags lieber Vegetarisch und bestellte sich einen Burger der aus einem Patty von Kichererbsen, Zwiebeln und orientalischen Gewürzen bestand, serviert auf Malted Grain Bun mit Salat, Tomate, Salatgurke, Zwiebeln, Guacamole und Fresh'n'Spicy Tomato Spread. Dazu Himbeerlimonade für Yogi und Zitrone für Mika. Yogi himmelte Mika an.

Die umständliche Anfrage bei der russischen Polizei über Interpol ergab das Sergey Iwanowitsch Volkov aus der Nähe von St. Petersburg stammt. Ein Backgroundcheck hat nix ergeben. Es sieht so aus als sei er ein überzeugter Einzelgänger ohne Sozialkontakte mit einigen Dienstjahren bei der Roten Armee in Wünsdorf. Sozialisiert in der früheren UdSSR mit allen Vor- und Nachteilen.

Hatterers Nachbarn waren wieder von ihrer 3-wöchigen Urlaubsreise nach Australien zurück. Eine Woche davon hatten sie auf einen Katamaran in der Südsee verbracht. Sie stürzten sich sofort wieder in die Gartenarbeit. Es war ihre große Leidenschaft. Hatterer hatte sich auf dem Nachhauseweg den ersten roten Federweißen in der Römermühle mitgenommen. Und saß jetzt auf der Terrasse und beobachtete Herbert Schlereth wie er mit gejätetem Beinwelk, Spitzwegerich, Löwenzahn und anderen Kräuter seinen Bokashi* befüllte. Seine Frau Renate erntet die Goldparmänen eine leckere, alte Apfelsorte. Große Probleme bereitete den Beiden im Frühjahr die Maulwurfgrillen* die sich über die Wurzeln ihrer Tomaten hermachten. Aber auch hierfür hatte Schlereth eine Lösung parat, die aber Hatterer bereits wieder vergessen hatte. In Schlereths riesigen Garten gab es vieles was man eigentlich ehr in Italien vermutet hätte. Auch alte Gemüse- und Obstsorten wie zum Beispiel Malabar Spinat, Hirschzungensalat, Trampolino Kürbis, Bittergurke, Maulbeeren, Forellensalat, Chayote Kürbis und vieles andere mehr hat er und seine Frau wieder kultiviert. Zudem züchteten die beiden leidenschaftlichen Gärtner alte englische Rosensorten. Es war ein Paradies das sie sich geschaffen hatten. Nur der Superschmelz Kohlrabi ist etwas mastig geworden. Wahrscheinlich hat der zwischenzeitliche Betreuer ein Gärtnerfreund aus dem Hunsrück zu viel gedüngt. Heribert Mayer, ein stiller, einsamer Naturfreund, ist wieder nach Hause gefahren. Hatterer hatte in den drei Wochen seiner Anwesenheit keinerlei Kontakt mit ihm.

Es war jetzt Ende September, die Weinlese war im vollen Gang. Die beiden LKA Beamten Nikos Tesfandrias und Carlos Härting wurden wieder abgezogen. Hatterer, Yogi und Marlene standen wieder alleine da mit dem Fall des Serienmörders Volkov, er war spurlos verschwunden. Der letzte Mord lag zwei Monate zurück.

Den Bericht von Vice Questore Annemarie Thaler hatten sie erhalten und auch gelesen. Meran war auch das letzte Foto das er bei Pixelworld hochgeladen hatte. Da es keine neuen Erkenntnisse mehr gab wurde die Soko vorläufig in eine Art Ruhezustand versetzt, sie mussten andere Aufgaben übernehmen.

Nach dem Zusammenbruch vieler Rüstungsbetriebe sind 40 Prozent der Petersburger arbeitslos. Fast jeder Vierte war damals Rentner. Das war im Jahr 2000. Die Rentner von damals sind gestorben eine neue, westlich orientierte Bevölkerung ist herangewachsen.

Volkov genoss den Abend bei der Premiere des Dresdner Obernballs im Michailowski-Theater in Russland. Die ehemalige Miss Universe Oxana Fedorova, immer noch eine Augenweide, moderierte. Armin Müller-Stahl und Katarina Witt erhielten, warum auch immer, Ehrenpreise in Form von teuren Schüsseln aus Meissner Porzellan. Wladimir Putin begrüßte die Gäste via Videobotschaft. Volkov der für die sibirische Discounterkette Torgservis nach Standorten in Deutschland, Belgien, das Elsass und Südtirol suchte ist zufrieden. Er hat seine Mordlust auf besonders perfide Art befriedigt und er genoss den Abend. Wie lange das anhält weiß er selber nicht.

Angefangen hat alles damals als er noch beim Militär in Wünsdorf stationiert war. In der ursprünglich winzigen Gemeinde war der Sitz des Oberkommandos der Gruppe der Sowjetischen Streitkräfte in Deutschland, dort lebten rund 50.000 Soldaten mit ihren Familien. Klein Moskau in Brandenburg. Hier machte der damals

18-jährige junge Ordonanzsoldat erste sexuelle Erfahrungen mit einer gelangweilten Offiziersgattin. Sie zeigte ihm, nach einigen Wochen, auch wie durch Würgetechniken die sexuelle Lust gesteigert werden kann. Es ist eine sehr gefährliche BDSM Praktik die eigentlich nichts für Anfänger ist. Durch das Einschränken der Atmung entsteht ein Sauerstoffmangel im Gehirn. Durch die Unterversorgung mit Sauerstoff erhöht sich der Kohlendioxidgehalt im Blut und Adrenalin wird ausgeschüttet. Es kommt zu einem rauschartigen Zustand, euphorisch und enthemmt.

Albina Shakinuratova schaute ihn an und begreift. Sie versucht zu begreifen. Ihre Hände fassen an ihren Hals. Volkov denkt es gehört zum Spiel. Albina Shakinuratova spürt was anderes. Sie spürt keinen Schmerz mehr. Sie starb unter Volkovs Händen, als er den Gürtel immer enger zuzog.

Der Fall wurde, aus einer gewissen Diskretion, gegenüber dem Ehegatten, einem hochrangigen Luftwaffen-Offizier, durch die Militärpolizei nicht großartig kommuniziert. Es konnte kein Täter ermittelt werden darum wurde der Mord nicht weiterverfolgt.

Auf Volkov fiel kein Verdacht. Niemand konnte sich vorstellen das der Jüngling der im Kasino die Offiziere und ihre Gemahlinnen bzw. Gespielinnen bediente zu so einer Tat fähig gewesen wäre.

Es war ein Versehen, aber Volkov verspürte dabei so viel Lust und Macht das er einige Jahre später die nächste Frau auf ähnliche Weise umbrachte. Der Unterschied zu seinem erst Mord ist bei den letzten Morden von ihm der das er sich dabei nicht mehr sexuell befriedigen muss. Die Beweggründe für dieses Leben fand in dunkler Materie statt.

Es war ein schöner Oktober und Volkov wollte die wohlige Wärme der Sonne noch ein bisschen länger erleben. Er hatte seinen Job gekündigt, seine Kamera verkauft und den Account bei Pixelworld gelöscht. In einem Versteck in Brandenburg hatte er vor seiner Rückkehr nach St. Petersburg in einem Waldstück viel Geld, eine Pistole und Schmuck vergraben.
Via Moskau flog er nun in Armeniens Hauptstadt Jerewan. Er wollte von seiner Mordlust loskommen. Dreizehn Frauen hatte er auf dem Gewissen. Es musste Schluss damit sein. Seiner Meinung nach war es noch nicht zu spät.
Er konnte nicht wissen das der deutsche Kriminalhauptkommissar Arne Hatterer ihm mittlerweile auf den Fersen war. Volkov war ein Fuchs, Bär und Wolf zugleich. Immer vorsichtig und immer fit. Eine Stunde brauchte er jeden Tag für seinen morgendlichen Workout.

„Morgen früh um fünf Uhr fahren wir mit der Fahrbereitschaft zum Airport nach Frankfurt um Sieben Uhr geht der Flug und um neun Uhr vierzig sind wir dann in St. Petersburg. Dort werden wir von den russischen Kollegen abgeholt. Wir dürfen keine Waffen mitführen und ein Dolmetscher wird uns begleiten. Spasibo za vnimaniye." Yogi sagte zu Hatterer: „Freue mich schon auf die würzige Soljanka! Die Russen werden uns nicht helfen! Verlass dich drauf." „Yogi! Zynismus bringt uns jetzt da nicht weiter!"

Vom Flugzeug, im Anflug auf die Stadt an der Ostsee, hatte Hatterer vom Bordfenster aus einem tollen Blick über Sankt Petersburg und konnte die Newa und die umliegenden Gebäude entdecken. Jussopow Palast und Erimitage konnte er ebenfalls sehen.

Die russischen Kollegen waren wider Yogis Erwartungen freundliche Leute. Sie fuhren mit den beiden Deutschen Polizisten gar nicht erst auf das Präsidium in die Innenstadt. In einem lichtdurchfluteten Raum der Politsiya Aeroporta klärten sie über den neuen Sachverhalt auf. Volkov sei abgereist und nach ihren Erkenntnissen hält er sich jetzt in Armenien auf. Bei Pixelworld hatte er seinen Account gelöscht. Das Gespräch dauerte nur 20 Minuten. Wenn sie sich beeilen bekommen sie noch die Maschine die um elf Uhr nach München startet.

„Na toll, hätten das die Trolle nicht schon am Telefon sagen können!" Ein Offizier der russischen Polizei sagte dann zu Yogi. „Was ist ein Troll, wir haben es erst heute Morgen erfahren das Volkov sich gemacht hat aus dem Staub. Wir haben gemacht Durchsuchung der Wohnung. Alles leer nur diese Prospekte von Reise und leere Tablettenschachtel haben wir gefunden. Was das für Tabletten sind für oder gegen was müssen wir erst ermitteln. Sie bekommen Ergebnis sobald wir haben es. Wir schlafen nicht."

Yogi entschuldigte sich und fragte gleichzeitig ob der Offizier das Prospekt übersetzen könnte. „Sie keine Zeit haben. Dolmetscher soll machen. do svidaniya!"

Als sie in der Business Class Platz genommen hatten und der Flieger auf die Startbahn rollte las Dolmetscher Benedikt Meierschön aus dem Hochglanzprospekt vor.

„Essen und Trinken in Armenien: Die armenische Küche ist die älteste im Transkaukasus und entstand vor rund 2000 Jahren. Die frühe Entwicklung der Viehzucht im armenischen Hochland lieferte Milchprodukte und Fleisch und die gut entwickelte Landwirtschaft steuerte Getreide, Gemüse und Kräuter bei. Ursprünglich bereiteten die Armenier ihr Essen in Töpferwaren zu und das typisch armenische Fladenbrot Lavash wird im Tonir, einem speziellen Erdbackofen, gebacken. Eine Eigenheit der armenischen Küche sind die vielen Kräuter, wie etwa das violette Basilikum, dünne Lauchzwiebeln und Waldmeister. Man verwendet zahlreiche wildwachsende Blumen und Gräser, aus denen verschiedene Gewürze und Zutaten zubereitet werden, wenn sie nicht selbst als Gericht fungieren. Armenien hat eine ausgeprägte Café- und Restaurantkultur. Eine Mahlzeit fängt oft mit einer großen Platte kalter Vorspeisen an. Auf der befinden sich meist gefüllte Paprikaschoten und Weinblätter, eingelegtes und frisches Gemüse, salziger weißer Schafskäse, der mit frischen grünen Kräutern und Fladenbrot gegessen wird. Danach folgt oft das Chorowats, das armenische Schaschlik in vielen Variationen. Der armenische Kaffee, Surj genannt, ähnelt dem arabischen Mokka und wird ungefiltert getrunken. Man nimmt ihn mehrmals am Tag zu sich und ihre Kaffeepause ist den Armeniern heilig." Der Dolmetscher musste lachen und las weiter: „Bestimmt bietet sich auf Ihrer Armenien-Reise die Gelegenheit, zwischendurch mit Einheimischen einen Kaffee zu trinken und so Kontakte zu knüpfen."

„Macht der eine Gourmetreise durch den Kaukasus", fragte Yogi und schaute ziemlich ratlos in die Runde.

„Wir müssen die Lage völlig neu bewerten, durch seine Accountkündigung ist er im Moment für uns unauffindbar. Scheiße. Aber so ist es nun mal." Erklärte Hatterer in seiner feinsinnigen Art.

Hatterer stellte die Lehne nach hinten und schaute aus dem Fenster. Der blaue Himmel und die weißen Wolken stimmten ihn nachdenklich. Er träumte von seiner gescheiterten Ehe, von seinem Sohn und seinem Job. Seine Gedanken an seine ehemalige kleine Familie ragten heraus wie Inseln aus dem Meer, nach einem Hurrikan. Er hörte Yogi sagen ob alles okay sei.

Al.as.ka – Alles klar. Am Münchner Flughafen fiel ihm ein Planespotter auf und er musste daran denken, dass er auch einmal gerne Flugzeuge fotografiert hatte.

Im ICE Regensburg setzen sie sich in den Speisewagen. Hatterer bestellte sich einen Salat und ein kleines Bier. Yogi einen Burger und eine Cola, Benedikt Meierschön einen Kaffee.

In Nürnberg stiegen sie um in die Mainfrankenbahn, Benedikt Meierschön blieb sitzen und fuhr bis Frankfurt im ICE weiter.

„Wie heißt es so schön, außer Spesen nichts gewesen. Bis morgen im Büro!" Hatterer gab Yogi die Hand der es merklich eilig hatte. Schon von der Bahn aus hatte er Seine Flamme Mika angerufen zu der er jetzt in den Lada 4x4 stieg.

Hatterer lief etwas betrübt durch die Friedrich-Ebert- und Schmiedelstraße überquerte die Glauberstraße, hinunter zu seinem Stellplatz am Main und fuhr gemächlich aus der Tiefgarage. Marlene war noch im Urlaub. Das schmutzige Licht auf den Rissen in der Kaltensondheimer Straße blendete ihn leicht. Zu Hause angekommen haute er sich 4 Eier in die Pfanne, säbelte ein paar Scheiben von einem viel zu alten Mischbrot ab und köpfte ein Flasche Bier. Irgendwie war er deprimiert.

Zur gleichen Zeit stieg ein Fernsehteam der ARTE Redaktion „Anderswo" aus dem Flieger in Jerewan. Sie wollten eine Reportage über verschiedene Menschen in Armenien filmen. Die Dokumentation soll von Menschen in Armenien erzählen, dem kleinen Bergland im Kaukasus, das derzeit im Umbruch war. Durch die sogenannte Blumenrevolution sollte die stark verbreitete Vetternwirtschaft und die dadurch überall gegenwärtige Korruption beendet werden. Die Filmemacher wollen unter anderem einen Steinmetz begleiten, der zu Sowjetzeiten nur im Untergrund an den berühmten Kreuzsteinen arbeiten konnte, und auch ein Gesangsquintett, das im malerisch in einer Schlucht gelegenen Kloster Geghard auftreten wird, einem Weltkulturerbe.

Yogi und Mika vergnügten sich bis Mitternacht im Bett. Er hatte vergessen den Wecker zu stellen. Mit einer Stunde Verspätung traf er im Büro ein. Hatterer war missmutig gelaunt. Marlene Rupisch war immer noch im Urlaub.

„Scheiße gelaufen der Tag gestern!" „Was solls Arne, du hast dein Bestes gegeben!" „Wir haben unser Bestes gegeben. Ich mache heute früher Schluss, Delcy kommt dieses Wochenende. Ich will mit ihm zur Ebshäuser Kerm, Autoscooter fahren. Das Wochenende ist immer so schnell vorbei." Yogi lachte ihn an und faselte etwas über genug Überstunden. „Ich will mit Mika nach Nürnberg fahren. Tolles Hotel für zwei Nächte gebucht. Spa und Saunalandschaft. Wann kommt eigentlich Marlene wieder von Teneriffa zurück." „Glaube, nächste Woche am Mittwoch ist sie wieder im Büro. Komm wir schreiben den Moskau Bericht und dann ab ins Wochenende!"

Zur gleichen Zeit sitzt Volkov in einem geliehenen Lada Samara und steuert ihn durch den dichten Verkehr der Millionenstadt Jerewan. Er will nach Garni in die Provinz Kotajk. Garni liegt etwa 30 km östlich von Jerewan im Tal des Azat-Flusses oberhalb der „Basaltschlucht von Awan". Sie hat ca. 7.000 Einwohner. Garni war einige Jahrhunderte lang Sommerresidenz der armenischen Könige die Ruinen der Festung Garni existieren noch und der durch einen Erdbeben 1960 zerstörte Tempel wurde wieder Originalgetreu aufgebaut. Danach will er noch weiter zum Kloster Geghard das in einer Schlucht am Oberlauf des Azat liegt. Charakteristisch dort sind die teilweise in den Felsen gehauenen Räume und die Höhlen. Eigentümlichkeiten der armenischen Baukunst wie Gawit oder Chatschkar sind auch hier anzutreffen. Im Weltkulturerbe soll an diesem Wochenende das Gesangsquintett Luys auftreten, von dem er schon einiges gehört hatte. Er liebt den A capella Gesang, vor allem wenn ihn fünf Frauen vortragen.

Es war ein schönes Wochenende mit Delcy.
Elsa und ihre neue Frau Swanhilde Lichtenberg holten den kleinen Mann pünktlich ab. Hatterer fühlte sich dann immer so, als sei er ins Anthropozän, dem letzten Zeitalter, gefallen. Es tat weh und Elsa spürte es auch. Sie fragte ihn nach einer Weile, als sie den Kleinen endlich im Kindersitz untergebracht hatte, ob er sich vorstellen könnte Delcy auch mal für längere Zeit bei sich aufzunehmen. Hatterer strahlte. „Wie längere Zeit? Logo!" „Na mal so ne Woche oder so!"
„Und wann!"
„Wenn du ihn nächsten Freitagnachmittag bei uns in Oberdürrbach abholen kannst dann schon ab diesen Freitag!"
Hatterer strahlte innerlich, zeigte es aber nicht nach außen. „Geht klar! Ich hole ihn ab. Passt es so um achtzehn Uhr bei dir??"
„Ich gebe dir da noch Bescheid!"
Am nächsten Tag im Büro googelte er im Netz nach einer Tagesmutter. Er findet eine Seite einer älteren Dame die anscheinend große Erfahrung und Akzeptanz in der Kleinkinderbetreuungs Community hat.

Yogi Weber, Bezirksbefruchter und Bestäubungsexperte kam zur Türe rein. „Moin!" Die Titel gaben ihm seine Kollegen bei der Bereitschaftspolizei. Hatterer hatte davon erst vor kurzen erfahren und musste jetzt jedes Mal innerlich schmunzeln, wenn er Yogi anschaute. Mit Mika hatte der aber im Moment eine einigermaßen stabile Beziehung. Nicht wieder so holzschnittartig wie in den Jahren zuvor.

Egal er freute sich auf einen bestimmten Nachmittag in der nächsten Woche. Die Nanny hatte ihm erzählt das sie mit den Kindern auf den Kindernachmittag bei der Kirchweih in Etwashausen gehen wird. „Da kostet alles nur die Hälfte. Treffpunkt fünfzehn Uhr am Kinderkarussell."

Marlene war wieder zurück. Er machte, am besagten Mittwoch, früher Schluss. Nach dem Kinderkarussell drehte er mit Delcy im Autoscooter noch ein paar Runden. Danach gab es Bratwurst und Pommes Schranke.

Volkov war in einem Unfall mit einem GG (SchiSchi) Fahrer verwickelt. GG ist so eine Art Uber Taxi in Armenien. Der Fahrer fuhr einen umgebauten Citroën Grand C4 Spacetourer dessen Fahrersitz sich auf der rechten Seite befand. Polizei kam und nahm den Unfall auf. Es entstand zwar nur leichter Blechschaden, aber Volkov hatte keinen Bock mehr auf Garni und Geghard. Was für ihn noch weitreichende Folgen haben würde. Er kaufte sich auf dem Nachhauseweg in einer Georgischen Bäckerei ein Fladenbrot und auf einem Gemüsemarkt frische Tomaten, dünnen Zwiebellauch und lila Basilikum. Dazu in einer Metzgerei vier gut durchgewachsene Koteletts und ein Flasche Wodka im Supermarkt. Auf seinem geräumigen Balkon mit Blick auf den Ararat schmiss er den Gasgrill an und genoss den Nachmittag in der untergehenden Oktobersonne. Morgen wird er einen neuerlichen Versuch starten. Nach diesen Gedanken schlief er auf der gemütlichen Gartenliege ein. Der Wind trieb die leere Flasche auf dem

Balkon hin und her. Volkov träumte von seiner Kindheit als er mit seinem Großvater in ihrem kleinen Dorf bei klirrender Kälte eine Sau gestochen haben. Sein Opa stach dabei präzise in die Halsschlagader, dann wurde die Sau zum Ausbluten aufgehängt. Am anstrengendsten war es die Borsten im heißen Wasser zu entfernen. Volkov wachte auf überall juckte es ihm plötzlich. An seinem Traum hatte er keine Erinnerung mehr.

Volkov wuchs in einem kleinen Dorf ungefähr hundert Kilometer von St. Petersburg auf. Bis 1991 heiß die große Stadt an der Ostsee Leningrad. Wenn sie damals als Kinder spielten, dann meistens Krieg, niemand wollte Deutscher sein. Das größte Erlebnis neben den regelmäßigen Schweineschlachtungen zum russischen Neujahrsfest oder dem Eisangeln in dem Fluss in der Nähe des Dorfes war der Ausflug als zwölfjähriger mit seiner Schulklasse nach Moskau. Fast ein ganzer Tag dauerte es um von ihrem Dorf zur umgebauten Kaserne am Rande Moskaus zu kommen. Am nächsten Tag bekamen die neugierigen Schüler/innen im Freizeitpark „Patriot" eine Open-Air-Show gezeigt in der mit großem Aufwand errichteten Attrappe des Reichstags die Hauptkulisse darstellte. Er kann sich noch an die Szene erinnern in der sich ein deutscher Soldat unter Schmerzen am Boden wälzt, sein Rücken brennt lichterloh. Die gefangengenommenen Kameraden werden von sowjetischen Soldaten abgeführt. Auch die zwei deutschen Panzer brennen. Über dem Reichstag weht die rote Fahne mit Hammer und Sichel. Viele Laienschauspieler stellten die Schlacht um Berlin nach. Mit achtzehn

Jahren diente er dann bei der Roten Armee in Wünsdorf wo er auch seinen ersten Mord, mehr aus Versehen, verübte. Nach dem misslungenen Putschversuch beschlossen der russische Präsident Boris Jelzin und Vertreter der Sowjetrepubliken die Auflösung der UdSSR zum 31. Dezember 1991, da war Volkov 21 Jahre alt.

Hatterer kaufte Süßigkeiten für die bevorstehende Halloween Feier. Er freute sich auf den Abend bei der Tagesmutter die eine kleine Gruselparty für ihre Kinder veranstaltet.

Allerheiligen war Feiertag, am Samstag hatte er frei. Er spielte mit Delcy im Garten der Schlereths. Sie schmissen mit Laub, das sie dann mit einem Laubrechen zusammen häufelten. Hatterer hatte extra einen Kleinen für Delcy gekauft. Mama Schlereth kochte auf und lud die beiden zu Sauerbraten, Rotkohl oder wie man in Franken sagt Blaukraut und Kartoffelklößen zum Mittagessen ein. Klos mit Soß das schmeckte dem Kleinen. Sonntagabend holte Elsa Delcy dann wieder ab. Hatterer brach es fast das Herz als er, nach einer Woche, sein Söhnchen aus dem Seitenfenster ihn zuwinken sah. Mit Tränen in den Augen winkte er zurück.

Volkov startete einen neuerlichen Versuch nochmal nach Garni und Geghard zu fahren. Diesmal kam er ohne größere Probleme an. Zuerst in Garni wo er mit vielen anderen Touristen den Tempel bewunderte. Er hörte einem Flötenspieler zu. Schmiss ihm ein paar Münzen in dem aufgestellten Hut. Er kaufte sich bei

einem Drehspieß Stand eine Portion Fleisch im Lawash-
fladen verzehrfertig eingepackt und schaute einem
Mann zu der mit einem großen Hammer Münzen für
Touristen prägte.

Dann fuhr er weiter nach Geghard dem großartigen U-
NESCO Weltkulturerbe nur wenige Kilometer von
Garni entfernt. Als er den beschwerlichen Pflastersteinweg hinauf zum Kloster ging sah er vor sich ein Fernsehteam das keuchend ihr Equipment hochschleppte.
Volkov erfrischte sich oben an einem öffentlichen Brunnen wie es sehr viele in Armenien gibt. Es gibt sie einfach überall im Land.

Auf einem Plakat, das an einem Fensterladen eines Sou-
venirgeschäftes hing, las er das um Dreizehn Uhr in der
Felsengruft der Kirche ein Wiederholungskonzert der A
Cappela Gruppe Luys stattfindet.

Volkov war erfreut, damit hatte er nicht gerechnet. Natürlich entschloss er sich das Konzert anzuschauen und
streifte über das Kirchengelände. In einer Ecke sah er
einer Gruppe von Männern zu, die mit kleinen Steinen
versuchten in ca. drei Meter hohe Löcher in einer Fel-
senwand zu Treffen. Zwei von den Männern hatten Uni-
formen an. Es waren Offiziere der roten Armee die anscheinend auf einer Dienstreise durch Armenien waren.
Er ging dann wieder den Pflastersteinweg hinunter zu
dem Bach der durch das Tal führte. Er setzte sich auf
eine in die Jahre gekommene Holzbank, machte die Augen zu und lauschte den Vögeln und dem Plätschern eines kleinen Wasserfalls zu.

Der von ARTE engagierte armenische Kameramann
zog einen Schwenk durch das Tal. Die Impressionen

sollten Teil des aufgezeichneten Konzertes werden das in der Dokumentation gezeigt werden sollte. Bereits in zwei Wochen war der Sendetermin, Eile war geboten. In dem halbstündigen Film, über Menschen in Armenien, fehlten nur noch die fünf Geghard Minuten mit der Musik des Gesangquartetts. Er filmte über die Steilwand, zog, bei dem in die Felsen eingelassenen drei Meter großen silbernen Metallkreuz auf, fing einen fliegenden Bussard ein, folgte den Bachlauf bis zu dem kleinen Wasserfall und zog dann nochmal bei einem Mann auf der gerade mit kleinen flachen Steinchen Wassermännchen über den Bachlauf zauberte und dabei in die Kamera lachte.

Mittlerweile war Mitte November. Marlene war längt wieder aus dem Urlaub zurück. Es war wenig los im Büro. Das Wetter war regnerisch und der Morgennebel löste sich an manchen Tagen überhaupt nicht auf. Yogi gähnte und jammerte das in Kitzingens Altstadt so wenig Betrieb sei „wie in Baumärkten unter der Woche." An den Bäumen hingen fast keine Blätter mehr. Die fleißigen Mitarbeiter der Stadtgärtnerei hatten mittlerweile auch alle Wege und Straßen laubgesaugt. Igel hatten keine Überlebungschance. Es war kalt geworden und die Natur wartete auf den ersten Schnee. In der Falterstraße hatte der Bäcker gewechselt, was nicht unbedingt von Vorteil war, wie der gute Geist der Dienststelle Edgar Loder, der seit neuesten die Brotzeit fürs Revier holte, feststellte. „Ich werd in Zukunft nüber zum Kaufland fahren!" Auch recht, dachte Hatterer und biss in sein Hörnchen. In den letzten Wochen sind sie alle ihnen bekannte Fälle noch einmal durchgegangen. Als Erstes durchleuchteten sie das Privatleben der beiden Toten aus Kitzingen Ashley Steiniger und Peter Sattes. Ashley Steinigers Vater war ein in Kitzingen stationierter US-Soldat, der aber von seiner Vaterschaft nichts wusste, weil er die doch sehr lockere Beziehung mit Ashleys Mutter, kurz vor seine Versetzung nach Puerto Rico, beendet hatte. Das war 2001. Ihre Mutter heiratete dann Peter Steininger, einen selbstständigen LKW-Fahrer, der sich sehr wenig um seine Stieftochter kümmerte. Es war ein verklemmter Typ der bei belanglosem Geplauder zwischen seiner Frau und deren Schwester bzw. Freundinnen schon einen Fön bekam, wenn beiläufig auf Erkundigungen hingewiesen wurde was man am Abend machen könnte. Hatterer wunderte sich das sowas in den Ermittlungsakten stand. „Ja das hat damals die Tante der Getöteten so zu Protokoll gegeben und Yogi hat es dann wortwörtlich festgehalten." Sagte Marlene mit einem nicht gerade überzeugenden Unterton. Ashley eine leidenschaftliche Läuferin, hatte bei vielen Laufwettbewerben teilgenommen. Festgestellt hatten das die Beamten durch Google. Name eingeben und schon blobbten die Ergebnisse der verschiedenen Läufe auf: Schwanberg, Baumwipfelpfad, Halbmarathon in Würzburg, Residenzlauf, Lebkuchenlauf, Krackenlauf in Großlangheim, Schlossberglauf in Altenschönbach, Maintalmarathon usw. Fit war die Kleine jedenfalls dachte Hatterer. Als Job stand im Protokoll das sie bei einer Firma beschäftigt war die Kartonagen herstellte.

Über Peter Sattes war nicht viel bekannt. Er war Zeitsoldat in Veitshöchheim, hatte eine gescheiterte Beziehung hinter sich und hatte zum Zeitpunkt seines Todes ein Versetzungsgesuch in eine Kaserne in Thüringen laufen. Über seine Teilnahme an Laufwettbewerben war nichts bekannt.

Die neuerliche Überprüfung der Lebensläufe der Beiden bekräftigte Hatterers Einschätzung das die beiden Zufallsopfer waren. Was vor allem auf Sattes zutraf.

In den nächsten Tagen überprüften sie auch die Mordfälle in Ebrach, Rothenburg und Südtirol wo auch alles auf gezielte Zufälle deutete.

Edgar Loder brachte einen Brief der Polizei aus St. Petersburg vorbei. Die Tabletten die in der Verpackung waren hatten etwas mit der Eindämmung des Sexualtriebes bei Männern zu tun. „Am beste du lässt es bei euch nochmal analysieren. Ich habe zwei Tablette beigelegt. Gruß Trolle!"

Hatterer musste über den Humor des russischen Kollegen schmunzeln. Er gab dann Yogi den Auftrag die Tabletten zur Kriminaltechnik nach Würzburg in die Frankfurter Straße zu fahren.

Er zog seine neue warme Winterjacke an die er sich vor kurzen in einem Second Hand Laden gekauft hatte. Schwarz steht dir gut murmelte Marlene und fragte ihn ob er mit ihr beim Asiaten Imbiss etwas essen wollte. „Warum nicht!" Er erzählte ihr beim Bratnudelessen vom tollen Garten seiner Nachbarn. „das muss ich einmal sehen, ich komme da mal vorbei!"

Hatterer lachte und fragte sie ob sie nicht heute Bock hätte mitzukommen.

Es war ein sonniger Nachmittag, als er mit seiner Kollegin ins Auto stieg und sie mitnahm zu sich nach Hause und zu seinen Nachbarn. Seine zwanzig Jahre jüngere Kollegin ließ sich von den Schlereths alles genau erklären. Die merkten die Begeisterung mit der die Kriminalbeamtin ihren Worten und Erklärungen lauschte. Es wurde früh dunkel und Schleret lud zum Essen ein.

Es gab selbst angesetzten Beerenlikör der stärker war als er schmeckte, dann eine Steckrübensuppe dazu selbstgebackenes Dinkelvollkornbrot und verschiedene selbsthergestellte Aufstriche wie zum Beispiel Paprika, Grüne Kräuter, irgendwas mit Ingwer und noch einige mehr. Renate Schlereth brachte dann noch Ziegenrahm und knusprige Bratkartoffeln, natürlich aus eigenem Anbau. Der selbstgekelterte Erdbeerwein stieg Hatterer schnell zu Kopf und auch Marlene hatte einen kleinen Schwips als sich die beiden verabschiedeten. Da keiner von den beiden mehr fahrtüchtig war, schlug Hatterer vor das Marlene bei ihm im Haus schläft.

Er zeigte Marlene das Zimmer wo sie schlafen konnte und ging dann wieder die Treppe hinunter ins Wohnzimmer und schaltete den Fernseher ein und zappte durch die Sender. Bei ARTE viel ihm, für einen ganz kurzen Augenblick, ein Gesicht auf das er von irgendwoher kannte. Die Müdigkeit übermannte ihn dann aber und er schlief mit armenischen A Cappella Gesang ein. Im Traum begegnete ihm Volkov. Er verfolgte ihn und hörte ihn schreien das er ihn gleich einholen wird. Er schaute über die Schultern und sah wie Volkovs Bolotie

hin und her wackelte, er sah eine Fratze mit großem
Maul dann flog ein Lasso, sein Hals schnürte sich zu-
sammen und er musste husten. Es war ein eindringlicher
Traum.

„Kaffee ist fertig!"
Hatterer schlich gerädert in die Küche. „Alles Okay?"
fragte Marlene und schaute ihn dabei sorgenvoll an.
„Ich habe von Volkov geträumt und dann habe ich noch
was gesehen. Hat ARTE eine Mediathek?"
„Was hast du gesehen, ich glaube es war Volkov!"
„Volkov, das hast du doch geträumt oder!"
„Glaube nicht wir müssen in der Mediathek nach der
Sendung von gestern Abend suchen. Wann waren wir
von den Schlereths wieder zurück? So kurz nach Zwei-
undzwanzig Uhr müsste das gewesen sein! Oder?"
„Kommt hin!" sagte Marlene Aufgeregt als sie in ihrem
Tablett nach der Sendung googelte.
„Menschen in Armenien, hier Zweiundzwanzig Uhr
zehn Die Sendung ist auch schon in der Mediathek.
„Okay, lass laufen!"
Mit stimmungsvoller Musik und sonorer Männer-
stimme begann die Dokumentation. Es wurde über den
neuen Wasserpark in Jerewan berichtet über Schafszü-
chter in der Bergregion am Aragat. Über Iranische Männer, die über die Grenze kommen um in Armenien den
Wodka zu frönen. Dann kommt der Acapella Gesang
der fünf Frauen im Weltkulturerbe Geghard und für einen ganz kurzen Augenblick sah man einen Mann, der
abgeflachte Steine aus dem Handgelenk heraus auf das
Wasser titschen ließ. Volkov lachte in die Kamera,

84

gewollt oder nicht. Hatterer und Marlene erkannten ihn sofort.

Im Autoradio lief von Supertramp Bloody well right. Auf der Dienststelle suchte Marlene die Telefonnummer vom Fernsehsender ARTE heraus und erkundigte sich wann die Dokumentation in Armenien gedreht wurde.

Hatterer versuchte derweil Kontakt mit der armenischen Polizei zu bekommen, was sich als äußerst schwierig darstellte.

Yogi rief bei der Agentur für Arbeit an um herauszufinden ob in Kitzingen jemand aus Armenien arbeitete. Mit Annait Sargsian konnte er eine Frau finden die bereit war auf die Dienststelle in der Glauberstraße zu kommen. Annait Sargsian sprach sehr gut deutsch. Sie arbeitete bei einer großen Firma in Iphofen als Dolmetscherin und war bei den Ostgeschäften nicht mehr wegzudenken. Es geht in der globalisierten Welt zwar schon sehr viel in Englisch. Aber in Russland, Weißrussland, Armenien, Georgien, der Ukraine und Kasachstan war es von Vorteil jemand zu haben der der russischen Sprache mächtig war.

„Guten Abend, was kann ich für sie tun?" Es war eine hübsche Frau mit schwarzen Haaren die weit über die Schultern hingen und fast bis zum Po der schmächtigen Frau reichten. Dezent geschminkt mit einer etwas zu langen Nase wie Yogi irgendwann einmal feststellen wird. Ihr dunkelgraues Business Kostüm saß wie angegossen.

Hatterer erklärte ihr alles genau um was es ging. Die Frau zog ein Smartphone aus ihrer Handtasche. Sie suchte auf einer Seite mit ungewöhnlichen Ziffern nach einer Telefonnummer die sie dann auch fand.

„Soll ich!"

„Ja bitte!"

Hatterer, Yogi und Marlene verstanden kein Wort. Das Gespräch war endlos. Yogi schaute auf die Uhr.

„Date?" Fragte Hatterer. Yogi nickte und spannt die Kiefernmuskeln an für Arne das Zeichen das Yogi an Feierabend denkt. Hatterer gab ihm ein Zeichen das er verschwinden kann. Marlene lächelte.

„Also!" Annait Sargsian erzählte dann, über was sie mit dem Beamten, der Kriminalpolizei in Jerewan gesprochen hatte. „Also wie gesagt, sie können nach Jerewan kommen und Volkov suchen. Aber ich denke das wird schwierig sein ihn zu finden. Wie sagen sie in Deutschland. Die Nadel im Heuhaufen. Hier ist meine deutsche mobile Nummer, wenn ich ihnen noch einmal helfen soll rufen sie bitte an!" Sie reichte Hatterer eine Visitenkarte und verabschiedete sich.

„Shit, wir wissen wo er steckt können aber nichts machen. Wir müssen die Auslieferung Volkov bei den Armeniern beantragen. Machen wir morgen. Darf ich dich heute zu einem Essen einladen."

„Gerne!"

Auf dem Weg zur Mainlust, einem Wirtshaus mit guter Küche, glitt in der frühen Dunkelheit ein vollbeleuchtetes Flusskreuzfahrtschiff auf dem, nach langen Niederschlägen, gut gefüllten Main, an ihnen vorbei. Hatterer war einen Moment abgelenkt und hätte fast einen dunkel bekleideten, ohne Licht, fahrenden Radfahrer, der mit seinem E-Bike ihm die Vorfahrt nahm, angefahren

Hatterer hätte ihn am liebsten angehalten und einen Strafzettel verpasst.

Auf der Speisekarte war ein Spezial-Burger als besondere Spezialität ausgewiesen, den dann Hatterer bestellte, Marlene suchte sich ein vegetarischer Falafel aus. Dazu ein frisch gezapftes Pils.
„Das war lecker, hat es dir geschmeckt?" Marlene lächelte ihn an. „Ja sehr gut, willst du bei mir noch einen Kaffee trinken ich habe mir einen kleinen Espressokocher gekauft. Der Verkäufer hat Herdkännchen dazu gesagt.?"
Sie fuhren über die hell erleuchtete Südbrücke nach Etwashausen zu einer Neubauanlage wo Marlene ein Appartement gemietet hatte. Die Zeit im Campingbus war vorbei.
Im schmalen Flur bleibt Hatterer an einer Vase hängen, die dann mit unüberhörbarem Scheppern auf den kalten Fliesenboden fiel. Zum Glück war die Vase aus Plastik wie auch die Blumen darin.
„Ups!"
Ungeschickt stellte sie Hatterer wieder hin.
Sein Blick trifft auf den Ihren. Verstand aus Mut an! Dann passiert das was beide eigentlich nicht wollten.
Am nächsten Morgen als Hatterer aus dem Fenster schaute war es draußen ziemlich nebelich. Marlenes weiblich, schöner Po war aufgedeckt. Er schlüpfte noch einmal zu ihr unter die Decke.
Später gab es dann auch den Espresso und aufgebackene Brötchen aus dem Freezer.

Schweigend fuhren sie zur Station. Beim Aussteigen sagte Marlene das es sehr schön gewesen wäre mit ihm. „Ja es war schön, aber es hätte nicht passieren dürfen!" „Komm sei nicht so streng mit dir, wir machen das wieder einmal und jetzt geht's zum Dienst. Andiamo!"

Volkov, war nach Armawir umgezogen und holte sich in einer Bäckerei ein leckeres noch warmes Matnakash, das typische armenische Fladenbrot. Dann fing er an den typischen armenischen Kaffee zu kochen, den er so sehr liebgewonnen hatte. Dabei misst er zuerst die benötigte Menge Wasser mit einer Tasse ab und füllt dieses in die bereitgestellten Kocher aus Edelstahl. Dann einen gehäuften Teelöffel Kaffee dazu. Er rührt kräftig um und stellt den Topf nun auf den Gasherd. Er passt dabei auf, dass das Wasser nur heiß wird aber nicht kocht. Er beobachtet den Kochvorgangs des Kaffees genau und denkt darüber nach eventuell ganz nach Armenien zu ziehen. Das Leben hier ist noch sehr preiswert. Es wäre ein Health-Benefit mit den ganzen frischen Sachen und der guten Bergluft. Er müsste aber seinen Rucksack in der Grünheide holen.

Mit der Zeit steigen Bläschen auf und eine Decke aus feinem Schaum bildet sich. Der Kaffee kocht fast über nachdem dieser hochgezogen ist. Im letzten Moment zieht er den Topf vom Feuer. Dann rührt er noch eine Messerspitze Kardamom, für den besonderen Geschmack, den er so liebt, hinein.

Im Fernsehen schaut er sich die Nachrichten an: Venedig unter Wasser und viel Schnee in Österreich.

Am nächsten Tag ruft er bei Torgservis in Novosibirsk an.

„Wir können dir jetzt kein Büro in Armenien einrichten! Du hast gekündigt. Pasta", schimpfte sein Vorgesetzter ins Telefon. „Polizei hat nach dir gefragt. Richte bei einer Bank ein Konto ein das wir dir deine Abfindung überweisen können." Volkov stutzte: „Das mit der Kündigung war nicht ernst gemeint. Ich wollte doch nur ein wenig Urlaub machen!" Das Freizeichen ertönte.

Der Dienstbeginn verlief zäh. Marlene hatte um Zehn Uhr einen Zahnarzttermin und kam den restlichen Tag nicht mehr auf die Dienststelle.

Yogi und Hatterer arbeiteten sich am Auslieferungsantrag ab. Hatterer wartete auf Frau Annait Sargsian, Yogi ging um dreiviertelvier in die Novembertristesse.

Um Siebzehn Uhr konnte Hatterer die Mail an die Polizeibehörde nach Jerewan abschicken. Dann fuhr er zum Lidl und kaufte sich Käse, Vollkornbrot und Frischkäse. Ihm schmeckte eigentlich das Industriebrot überhaupt nicht. Wenn er Zeit hat will er mal einen Brotbackkurs bei einem Freibäcker im oberen Fuchsgraben machen. Im Reinen mit sich selbst war dessen Motto und er soll ein besonders resilienter Typ sein.

In Kaltensondheim angekommen, er wollte gerade den Schlüssel ins Schlüsselloch stecken als Nachbar Schlerethh angewackelt kam und Hatterer ein ekliges Insekt unter die Nase hielt. „Hier das ist eine Gryllotalpa gryllotalpa!*", „Eine was??" Auf das hatte er gerade noch gewartet.

„Du hast Maulwurfgrillen im Garten, die graben sich bis zu uns durch, da müssen wir etwas dagegen tun."

„Du musst etwas dagegen tun, ich habe keine Zeit!" Schlereth drehte verärgert ab. Hatterer rief ihm nach wieso er im November nach Grillen gräbt.

Dann setzte er sich in seinen bequemen Sessel und schnaufte durch, er musste an Marlene denken. Er drückte auf die Fernbedienung. Im Fernsehen schaut er erschüttert die Nachrichten an: Venedig unter Wasser und viel Schnee in Österreich. In Hongkong drehen die Menschen durch und in Bolivien haben sie den Präsidenten nach Mexiko ins Asyl geschickt. Der deutsche Außenminister fährt gechillt und lächelnd mit dem Rennrad durch den New Yorker Central Park. Mein Gott.

Hatterer zieht sich seine Winterstiefel aus und macht sich auf den Weg in die Küche um sich einen Tee zu kochen und drei Scheiben Brot mit Käse zu belegen.

Es ist kein Geheimnis das bei dem feuchtkalten Wetter eine Tasse Tee sehr gut tut.

Morgen will er mit einem der beiden LKA Beamten Nikos Tesfandrias oder Carlos Härting telefonieren.

Zur selben Zeit trafen sich der Bankdirektor der MTS Bank von Armawir Zorayr Karapetian und sein alter Freund Murat Manukyan von der Polizeidirektion in Jerewan zum monatlichen Backgammon Spiel in einem Nachtclub auf der halben Strecke der beiden Städte. Beiläufig, nach dem vierten Wodka, erzählte Murat Manukyan vom Ansinnen der deutschen Polizei, einen gewissen Sergey Iwanowitsch Volkov festzunehmen und auszuliefern. „Volkov, unter einen liegenden Stein fließt nicht mal Wasser." Zorayr Karapetian verwendete gerne alte russische Sprichwörter bei seinen Erklärungen. Beide gingen in der Sowjetzeit in die Grundschule von Arnik im Norden des Landes. Ihre Freundschaft ist, trotz aller politischen Wirrungen, nie abgebrochen. Nach drei Stunden armenischer Männer-DNA die aus Würfeln, Rauchen, Saufen, Schaschlik essen und Pole Girls zuschauen besteht, verabschieden sich die beiden Männer mit Bruderkuss und steigen in ihre bestellten Taxis. Es ist sehr günstig in Armenien mit dem Taxi unterwegs zu sein. Zorayr Karapetian zahlte nach Armawir umgerechnet vierfünfzig Euro, während Murat Manukyan für die etwas längere Strecke auf der M5 sechs Euro abdrückte.

Schlaflose Munterkeit vor Mitternacht, und keine Neigung einzuschlafen. Hatterer dachte nach, wie er mehr Zeit mit seinem kleinen Sohn bekommen könnte. Vielleicht sollte er doch den Anwalt wechseln.

Volkov liegt ebenfalls schlaflos in seinem Bett in der armenischen Kleinstadt Armawir und denkt darüber nach ob er das „Hängulin", dass man ihn in St. Petersburg verschrieben hatte abzusetzen. Er wusste was dann passieren würde: Die Mordlust würde wieder in ihm hochsteigen und das wollte er im Moment nicht riskieren. Morgen wird er zur MTS Bank gehen um ein Konto, mit einer neuen Identität, zu eröffnen.

Hatterer kommt zu spät ins Büro, starker Nebel war daran schuld. Marlene stellte ihm einen Pott Kaffee hin und streicht ihm zärtlich über den Hinterkopf. Yogi kam lachend ins Büro und knallte dabei einen Zettel auf den Bürotisch von Hatterer und schrie dabei Laut Helau.

„Der Bundesverkehrsminister eröffnet heute das letzte sechsstreifig ausgebaute Autobahnteilstück der A3 zwischen Aschaffenburg und Würzburg und möchte dann inkognito das Fastnachtsmuseum in Kitzingen besuchen. Wir wurden dazu auserkoren ihn heute am Rastplatz vor Esselbach aufzuladen und nach Kitzingen zu kutschieren. Zeitplan: Vierzehn Uhr Ankunft in Esselbach, vierzehn fünfzehn Uhr steigt der Minister zu uns ins Auto. Fünfzehn zwanzig Uhr Einfahrt ins Parkhaus der VR Bank in der Kitzinger Rosenstraße. Zugang zum Museum über den Hintereingang. Eine Stunde Aufenthalt im Museum dann Fahrt zum Kitzinger Airport die mit der Übernahme des Ministers an die Kollegen des Personenschutzes beendet ist."

Zur selben Zeit macht sich ein Bananendampfer auf den Weg von Odessa nach Batumi, im Schwarzen Meer, wo er den Rest seiner Ladung löschen wird. Bananen aus La Palma, wo in diesem Jahr eine außergewöhnlich gute Ernte zu einem großen Produktionsüberschuss geführt hat. Mit Batumi verfügt Georgien über einen Hafen mit einer adäquaten Infrastruktur über eine leistungsfähige Hinterland Verbindung. Im Hafen der Hauptstadt der autonomen georgischen Republik Adscharien, werden unter anderem Container und Breakbulk umgeschlagen. Der Hafen befindet sich im Eigentum des kasachischen Konzerns KazTransOil und ist ein wichtiger Umschlagplatz für Ölexporte aus Kasachstan und Aserbaidschan und wird in Zukunft wohl auch für die neue Chinesische Seidenstraße sehr wichtig werden.

Am Kitzinger Airfield Heliport verabschiedet sich der Minister von den drei Kripobeamten mit Handschlag und einer signierten Grußkarte. Er steigt in den Cougar-Helikopter der Luftwaffen-Flugbereitschaft.

Zufrieden verabschieden sich dann auch die drei Kollegen voneinander. Yogi hat morgen frei, er fährt seine Liebste zum Airport nach Frankfurt. Sie fliegt zurück nach Schweden und kommt erst Anfang Februar wieder nach Kitzingen zurück.

Hatterer wachte am nächsten Morgen mit dem Gefühl auf das irgendetwas anders war als sonst. In Schlereths Kastanie tummelten sich einige Amseln. Aber das war es nicht. Es war der Laubbläser vom Nachbarn. Er wunderte sich, weil Schlereth noch nie einen Laubbläser zur Gartenarbeit eingesetzt hatte.

Auf dem Weg zur Arbeit hört er im Radio: „Zwei Tage nach dem Juwelendiebstahl im Historischen Grünen Gewölbe in Dresden gibt es einen ersten genaueren Überblick über die gestohlenen Gegenstände. Die Staatlichen Kunstsammlungen veröffentlichten am Mittwochnachmittag eine Liste der fehlenden Schmuckstücke. Die Diebe erbeuteten demnach elf komplette Objekte, dazu Teile von zwei weiteren Objekten sowie mehrere diamantbesetzte Rockknöpfe. Damit fehlen insgesamt etwa 20 von insgesamt knapp 100 Einzelteilen der drei Juwelengarnituren. Kurz nach Bekanntwerden des Einbruchs am Montagmorgen war noch befürchtet worden, dass sämtliche Kunstgegenstände aus der zertrümmerten Vitrine verschwunden sind. Die Ermittler gehen inzwischen von mindestens vier

Beteiligten an dem Kunstdiebstahl aus. Das habe die Auswertung von vorliegendem Videomaterial ergeben, teilte die Polizei am Mittwoch mit. Demnach warteten offenbar zwei der Täter im Fluchtwagen. Auf dem veröffentlichten Überwachungsvideo aus den Museumsräumen sind die anderen beiden Täter zu sehen, die den Einbruch ausführten. 500 000 Euro Belohnung will die Polizei für Tipps bezahlen, die zur Aufklärung des Dresdner Juwelendiebstahls, zur Ergreifung der Täter oder zur Beute führen." Ganz schön dreist denkt er und jede Menge Kohle für Hinweise.

Am Straßenrand ein blinkender Jogger und im Gegenlicht aufleuchtende Schulranzen. An der Ampel bei der Schreinerei Link kommt er erst bei der zweiten Phase über die Kreuzung.

Volkov trifft einen früheren Kollegen aus Transnistrien, mit dem er am Ende der Sowjetzeit im Baltikum zusammengearbeitet hatte, im Bürgerpark von Armavir. Dimitri Smirnov arbeitet jetzt im Überseehafen von Batumi in Georgien. Er war in der Organisation des Containerterminals mit seinen, Umschlaganlagen tätig. Wieviel Verantwortung er dort besaß hat er Volkov nie erzählt in ihrer jahrelangen Freundschaft. Sie schauten den Kindern beim Spielen zu und erinnerten sich an die frühere Zeit. Volkov stand immer noch auf der Lohnliste der Discounterkette Torgservis, dachte er zumindest. Später wollten sie zusammen zur MTS Bank gehen, wo Volkov ein Konto eröffnen wollte. Vorher fuhren sie aber zu einem Kloster nach Etschmiadsin, um das Refektorium der Mönche zu besichtigen. Die mittelgroße Stadt ist nur wenige Kilometer von der armenischen Hauptstadt Jerewan entfernt. Dort soll den Überlieferungen zufolge des christlichen Glaubens in Armenien entstanden sein. Die wichtigste Person für die Verbreitung des Glaubens war Gregor der Erleuchtete. In Etschmiadsin erbaute Gregor schon zu Beginn des 4. Jahrhunderts eine eindrucksvolle Kathedrale, die als älteste christliche Kirche von Armenien gilt. Volkov und Smirnov waren von der Pracht im angeschlossenen Klostermuseum überwältigt. Der französisch-armenische Chansonier Charles Aznavour war ein großer Förderer des Museums. Ein paar schöne Portraits von ihm hingen in den Fluren und Gängen.

Mit dem Taxi ging es zurück nach Armarvir. Smirnov verabschiedete sich ins Hotel Baqos das nur wenig hundert Meter von der MTS Bank entfernt war und zu dem besten der Stadt gehörte.

Hatterer stieg aus dem Auto und ihm viel ein Satz seines früheren Chefs Kilian von Stein ein: „Wer nicht denken kann wie ein Mörder wird diesen nie überführen können!" Im Büro war er über zwei Stunden alleine. Yogi hat anscheinend verpennt. Marlene hatte Hatterer Bescheid gesagt das sie später kommt. Sie war Tags zuvor in Würzburg in der Posthalle bei einem Konzert von Seiler und Speer gewesen. Das Telefon klingelte. Es war ein Beamter der Bundespolizei. „Sprech ich mit Arne Hatterer?", „Jaa!", „wir haben einen Anruf aus Jerewan wegen diesem Folkows, bekommen!", „Volkov!", „Folkows, sag ich doch. Er wollte in einem kleinen Kaff in Armenien, Armawir glaube ich, ein Konto eröffnen. Als der Bankdirektor die Polizei verständigte muss Folkows den Braten gerochen haben!", „Volkov, heißt der Mann!" „Ja egal jedenfalls ist er getürmt!" „Wohin?" „Keine Ahnung, das haben die Kollegen aus Armenien nicht ermitteln können. Schönen Tag noch!" Eingehängt.

Dimitri Smirnov lag auf dem Sofa und schaute ein russisches Musikvideo des bekannten Sängers Arthur Pirozkov an. Alcohlitschka erklang auf dem Bildschirm. Smirnov träumte von einer drallen Frau die er vor kurzen kennengelernt hatte. Plötzlich klopfte es an der Tür. Klopfen ist etwas verniedlicht ausgedrückt. Jemand hämmerte mit der Faust gegen die Tür.

„Mach auf verdammt!" Es war Volkov. „Ich muss fort, die sind mir auf den Fersen!" „Wer ist dir auf den Fersen, was ist denn überhaupt los. Schau dich mal an du bist vollkommen durchgeschwitzt und zitterst am ganzen Körper. Du sagst mir jetzt klipp und klar was los ist."

„Ich muss hier weg verdammt und du musst mir helfen." Smirnov runzelte die Stirn aus dem Lautsprecher dröhnte es Backa, backa Alcolitschca. Volkov schrie ihn an er solle den scheiß ausmachen. „Pass auf ich gebe dir 1000.- Euro, wenn du mich nach Batumi bringst und mir ein Schiff aussuchst das mich hier aus der Gegend wegbringt." „Puh, und wann!" „Jetzt gleich verdammt!"

Hatterer machte Schluss. Er wusste jetzt auch nicht mehr genau wie es weitergehen wird. Marlene war nicht mehr gekommen und Yogi musste nach Würzburg ins Präsidium zu einer Fortbildung fahren. Auf der Heimfahrt kam er beim maroden Kitzinger Tierheim vorbei eine junge Frau mit zwei niedlichen kleinen Jack Russel Terrier an der Leine sprang vor ihm über die Straße. Er konnte nur mit Mühe ausweichen. Im Rückspiegel sah er das die Frau ihm den Mittelfinger zeigte. Er spürte seine alte Schusswunde. Nach dem skypen mit seinem Söhnchen war er noch trauriger wie vorher. Im Hintergrund hatte er seine geschiedene Frau gehört. Er kramte seine Stirnlampe raus schnürte seine Laufschuhe und machte sich auf für einen Nightrun durch die Kaltensondheimer Pampa. Nach einer Stunde war er wieder zurück. Dusche. Es klingelte. Es war Ahmet Altun, ein assimilierter Türke, der kein türkisch konnte. Er lud Hatterer ein mit ihm in den Omnibus, einer Musikkneipe in Würzburg, zu fahren. „Es gibt hausgemachte Musik aus den späten 60er-Jahren mit Musikern der Bands Blues Campaign, Missus Beastley, Embryo, Aera oder Ton Steine Scherben, du warst doch früher auch öfters in der Elefantengasse und hast im Potlach einen mit durchgezogen!"

Der Abend war kurzweilig. Irgendwie kannte er viele Leute aber er wusste nicht mehr genau wie sie hießen. „Ob sie mich noch kennen?", dachte er. Er trank noch ein Weizen, Ahmed musste ja fahren. „Die Musik war okay, aber jetzt auch nicht so eine Mucke die mich vom Hocker gehauen hätte, die langen Improvisationen muss man mögen!" Ahmed hörte gar nicht zu er steuerte seinen 16 Jahre alten Ford Cougar durch die kalte Nacht.

In der Mittagspause des folgenden Tages gingen die drei Beamten der Soko Volkov bei herrlichem Wetter am Main spazieren. Auf einer Bank sonnten sich zwei russisch sprechende Frauen. Wegen der Sonnenstrahlen hatten sie die Augen geschlossen und den Hals nach hinten gebeugt. Hatterer lächelnde Milde und musste an den Frauenclub auf Curacao denken. „Ich muss mit euch reden wegen der Feiertagsplanung!", während er das sagte zog er sich seinen Kragen seiner wattierten Jacke hoch. „Ich würde gerne zwei Wochen über Weihnachten gehen, wenn das für euch okay ist. Yogi du kannst über Silvester Urlaub machen und Marlene für dich hatte ich Fasching oder Ostern gedacht?", Yogi nickte, Marlene murmelte: „Ostern und Pfingsten!" „Dann wäre das auch geklärt."

Wieder zu Hause fand er zwei Briefe im Briefkasten, beide ohne Briefmarken. Der eine war von Schlereth, der ihn zum Essen und Quatschen einlud. Der andere Brief war von der Mainpostille die sich dafür entschuldigte das die Zeitung an einem Tag in der letzten Woche nicht gekommen war.

„Sehr geehrter Herr Hatterer, wenn Ihre Tageszeitung morgens nicht in Ihrem Briefkasten steckt, beginnt der Tag nicht wie gewohnt. Ganz klar, so soll es nicht sein. Es tut mir sehr leid, dass die Zustellung nicht zu Ihrer Zufriedenheit erfolgt ist. Ich habe bereits Ihrem Wunsch entsprechend einer Gutschrift veranlasst. Sie wird Ihnen mit der nächsten fälligen Zahlung verrechnet. Der Zusteller erhält zudem umgehend eine Nachricht, ab sofort wieder auf eine pünktliche und ordnungsgemäße Zustellung zu achten. Sollten Sie Fragen oder besondere Hinweise zur Anlieferung haben, die uns bei der Optimierung der Zustellung helfen können, wie z.B. wenn Ihr Briefkasten oder Ihr Zeitungsrohr in den frühen Morgenstunden nicht frei zugänglich ist, sind wir für einen schnellstmöglichen Hinweis sehr dankbar. Für Anregungen oder Fragen sind wir gerne telefonisch Montag bis Freitag von 7 bis 17 Uhr und samstags von 7 bis 12 Uhr unter 0931 8066 - 8067 für Sie da. Bitte halten Sie Ihre Kundennummer 8886551236 bereit. Mit freundlichen Grüßen Anegret Mayering."

Es bereitete Hatterer körperliche Schmerzen, wenn er am Morgen keinen Kaffee mit Zeitung hatte. Er konnte auf alles verzichten aber Mainpostille und Kaffee gehörten zum Morgenritual.

Am nächsten Tag im Büro setzte er zähneknirschend eine Pressemeldung auf. In einer Mischung aus Beamtendeutsch, Polizeislang und persönlicher Enttäuschung tippte er in der Mitteilung in den Computer. Die Spur des Massenmörders V. hat sich in Armenien verloren. Er zeigte sich enttäuscht darüber das die Soko schon vor einiger Zeit aufgelöst wurde und die Mitarbeiter vom LKA abgezogen wurden. Er wusste das diese Mitteilung sicherlich bei einigen Personen sauer aufstoßen wird. Er dachte da an erster Linie an Angehörige und Vorgesetzte. Dabei sind durch die Auswertungen der

Spurensicherungen immer mehr Details für eine sichere Anklage aufgetaucht.

Es war ein sonniger Tag im Dezember, auf dem Kitzinger Marktplatz schritten die Vorbereitungen auf den großen Weihnachtsmarkt, der traditionsgemäß am dritten Adventwochenende stattfindet, voran. Er ging in ein Optikergeschäft um seine kaputte Brille reparieren zu lassen. Aus dem Scharnier war eine kleine Schraube herausgefallen. Eine nette Verkäuferin meinte das es schnell gehen wird, er könne drauf warten. In der Zeit des Wartens schaute er sich die Sonnenbrillen an. Für seinen bevorstehenden Winterurlaub den er auf La Palma gebucht hatte wäre eine neue Brille bestimmt nicht schlecht. Eine ältere Frau betrat den Laden an ihrer Hundeleine ein kleiner Kläffer der einen Pullover trug, genau im selben Muster gestrickt wie der seines Frauchens. Er bellte und die Frau schaute ziemlich finster. Eigentlich sah sie mit ihrem eingefallenen Gesicht und den grauen Haaren aus wie eine Hexe. „So hier ist das gute Stück wieder!", Hatterer erschrak. „Probieren sie bitte einmal ob alles passt." „Super danke, vielen Dank!" Hatterer verabschiedete sich höflich. An einem Marktstand kaufte er eine Tüte Walnüsse, der Verkäufer fror.

Seine geschiedene Frau ruft an. Sie bringt den kleinen Delcy früher vorbei. „Morgen schon? Wie stellst du dir das jetzt wieder vor. Ich kann nicht einfach vom Dienst wegbleiben. Ich habe erst nächste Woche Urlaub das habe ich dir doch gesagt!" „Mach halt krank!" Das Freizeichen ertönt. Er sah aus als wäre er dem Allmächtigen begegnet. Scheiße, die Alte nervt mich denkt er laut nach. Passanten schauen ihn seltsam fragend an.

Auf der Fahrt ins Revier nahm Hatterer wegen des gewaltigen Sonnenaufgangs, einen Umweg über den Flakberg und genoss für wenige Minuten das Naturschauspiel. Danach stieg auch sein Gute-Laune-Barometer wieder nach oben. Der erste Anruf der reinkam war von der Polizeipräsidentin Susanna Porzuck, sie erkundigte sich nach den Ermittlungsstand und bemängelte dabei Hatterers Pressearbeit. „Das war doch gar nichts was sie da geschrieben haben, wenn sie sowas nicht beherrschen dann lassen sie es doch gleich ganz sein und überlassen es unserer Pressestelle, für was haben wir die denn!" Hatterer schwoll der Kamm und blaffte ins Smartphone:" Die hatten mich doch gebeten das ich etwas zum Stand des Falles Volkov schreibe und an den Presseverteiler weiterleite. Sie hätten keine Zeit für eine Stellungnahme. Im Übrigen bin ich nicht der Spindoktor der Unterfränkischen Polizei!" Erbost beendet er das Gespräch. Yogi der wieder mal verschlafen hatte, rempelte er beim Hinausgehen an. Er war auf hundertachtzig. „Was hat er denn?", fragte Marlene die gerade die Tür der Toilette schloss als Hatterer wortlos mit rotem Kopf an ihr vorbeidüste. Yogi erzählte Marlene von seiner feucht-fröhlichen Wanderung über der Fünf-Seidla-Steig in der Fränkischen Schweiz. „Da würde ich auch mal mitwandern!"

Häufig muss es beim Arzt schnell gehen. So hat man leicht das Gefühl, Mediziner seien darauf getrimmt, möglichst rasch zu einer Diagnose zu kommen. Das wusste auch Hatterer. Worauf kommt es also an? Im

Apothekerheftchen hatte er mal gelesen Die Volksweis-
heit „Reden ist Silber, Schweigen ist Gold" gilt nicht in
der Arztpraxis. Er blieb einige Minuten hinter dem
Lenkrad sitzen und überlegte sich was er sagen sollte,
dass ihn später nicht mehr schadete als jetzt die Krank-
schreibung. Freilich er hätte den kleinen Delcy sicherlich auch bei der Tagesmutter für ein paar Tage untergebracht. Aber das wollte er jetzt nicht. „Rücken!" das
geht immer. „Eine Woche reicht dann habe ich Urlaub
und kann endlich ins Heilbad fahren!" Er glaubte fast
selber was er dem Doc erzählte und es dauerte nur drei
Minuten und er hatte seinen Zettel. Er fuhr an der
Dienststelle vorbei stieg bei laufendem Motor aus seinem Focus und schmiss die Krankmeldung in den Briefkasten.

Yogi und Marlene lachen immer noch: „Safer Sex sieht
anders aus: Hinter dem Steuer eines Autos und während
der Fahrt sollen ein 70-Jähriger und eine 34-Jährige in
Kitzingen-Etwashausen Geschlechtsverkehr gehabt haben. Dabei krachte ihr Wagen an einer Kreuzung, an der
die Ampeln ausgefallen waren, mit einem anderen Auto
zusammen. Bei der Unfallaufnahme am späten Nachmittag stießen die Kollegen auf bemerkenswerte Umstände. Zunächst sah offenbar alles nach einem norma-
len Blechschaden-Unfall aus. Der Wagen mit den Beiden soll die Vorfahrtsregeln missachtet haben. Dann
gab es die entscheidende Frage: Wer ist gefahren? Die
Angaben des Rentners und seiner jungen Begleiterin,
die gleichzeitig Halterin des Pkw ist waren nicht eindeutig. Deshalb bohrte die Streife nach. Die 34-Jährige

habe dabei eingeräumt, dass sie während der Fahrt auf dem Schoß des 70-Jährigen gesessen und man Geschlechtsverkehr gehabt habe. Das Lenken, Schalten und Treten der Pedale hatten sie sich geteilt. Einen Führerschein hatte keiner der Beiden. Ermittelt wird nun wegen Gefährdung des Straßenverkehrs und Fahrens ohne Fahrerlaubnis und ich muss jetzt die Befragung und das Protokoll mit den beiden machen. Ist Sex in der Öffentlichkeit eigentlich strafbar? Wo steckt eigentlich Hatterer." Marlene zog sich den Mantel aus und sagte dabei: „Der hat sich krankgemeldet, Edgar reichte mir den Umschlag wie ich die Treppe hochging." „Das auch noch!"

Im Autoradio hört Hatterer folgende Meldung: „Der Wahlerfolg der Konservativen beflügelt die britische Währung. Mit einem Plus von 2,1 Prozent steuert das Pfund Sterling auf den größten Tagesgewinn seit elf Jahren zu. Zeitweise stieg es sogar auf ein Eineinhalb-Jahres-Hoch von 1,3514 Dollar. Zur Gemeinschaftswährung markierte das Pfund mit 1,2079 Euro den höchsten Stand seit dreieinhalb Jahren - 2016 fand auch das Brexit-Referendum statt."

Am Abend brachte Elsa den kleinen Delcy. Am Steuer die ernst drein blickende Swanhilda Lichtenberg. Sie würdigte Arne keinen Blick. Wie er die Frau hasste. „Bist du wirklich glücklich mit der fetten Tante?". „Lass es Arne! Also dann bis in zwei Wochen. Tschüss mein Kleiner!"

Arne Hatterer war perplex und erfreut zugleich. Er schob den Babyjogger mit Delcy auf den Gartenweg und klingelte bei seinen Nachbarn. Schlereth machte sofort auf, es kam Hatterer so vor als sei er hinter der Türe gestanden. „Oh ist der süß!" Renate Schlereth kam aus der Küche, „wollt ihr reinkommen, ich habe Husarenhüte gebacken!", „was für Dinger!" Mit bedeutungsloser Geste unterstrich Schlerenth seine Antwort. „Plätzchen halt!". Hatterer schmunzelte, „eigentlich wollte ich euch fragen ob ihr mit auf den Weihnachtsmarkt geht? Alleine ist es mir zu langweilig! Ich fahre, dann kann Herbert ruhig ein und zwei Tassen Feuerzangenbowle schlürfen. Ich glaube mich daran zu erinnern das du die gerne trinkst!" Delcy rollte die Augen und lugte aus seinem Kinderwagen.

Als Attraktion auf dem Kitzinger Weihnachtsmarkt war eine Stelzenläuferin angekündigt gewesen. Schlereth schlürfte bereits seine dritte Feuerzangenbowle. Hatterer wollte weiter. „Bleibt ihr hier am Stand stehen dann schiebe ich Delcy noch ein wenig durch die Gegend?" Am Bratwurststand sah er Yogi mit einer, augenscheinlich neuen Flamme. Odysseus Irrfahrt mit Göttin Calypso, so wie er sie anhimmelte dachte er. Dann traf er Ahmet Altun. Und später dann auch Schorschilein mit seiner drallen Felicitas, die anscheinend wieder aus dem Baskenland zurück war. An der Leine Sacher, den Hatterer schon einmal fast erschossen hätte. Schorschi hatte Senf am Kragen. „Haben die Bratwürscht geschmeckt!" Schorschi lachte nur, seine Rechte lag auf Felicitas festen Hintern. „Ja dann noch viel Spaß ihr drei!" Dann sah er die Stelzenläuferin. Sie begeisterte aus luftiger Höhe mit viel Charme, Eleganz, Witz und einer dennoch gehörigen Portion Anmut das umherstehende Publikum. Delcy lachte in seinem Babyjogger. Es gab dann Sternenstaub und Seifenblasen. Nach dem obligatorischen Foto ging es für sie weiter mit zahlreichen illuminierten Walkacts.

Schlereth hatte ganz schön getankt. Seine Frau Renate musste ihn stützen. Hatterer sagte zu ihr das er das Auto holt und sie mit Herbert auf der Bank in der Bushaltestelle vor dem Rathaus warten solle. Er kommt mit dem Focus vorbei.

Der größere Akt war dann Schlereth vom Auto durch den Garten nach hinten zu bekommen. „Warte!" Renate rannte durch den Garten nach hinten zum Gartenhaus. Im Dauerlauf kam sie mit einem Schubkarren zurück. Sie legten Schlereth hinein und schoben ihn mehr schlecht als recht nach hinten. Delcy fing zu schreien an. „Geh nur ich schaff das schon mit dem versoffenen Loch! Danke war trotzdem schön!"

Samstagmorgen, Hatterer hat sein süßes Söhnchen gebadet und frisch gewickelt. Kaffee im Stehen, Sonnenstrahlen durchs Fenster, auf dem Thermometer um 9 Uhr schon 8 Grad. Ungewöhnlich für Dezember, er denkt aber nicht an Klimawandel und dem ganzen Zeug. Ein Päckchen liegt vor der Tür. Das Shirt darin gefällt ihm gut. Im Moment zählt aber nur Delcy. Babyjogger in den Focus. Am Hallenparkplatz stellt er ihn ab und dann das schöne Wetter ausnützen. Babys brauchen viel frische Luft. Auf einer Bank in der Nähe der Hohenfelder Schleuse setzt er sich zu einem jungen Mann.

„Schon Pause?" „Ne mir war nicht gut und der Meister hat mich raus zum Luftschnappen geschickt." Er denkt an Schlereth und wie es ihn wohl gehen mag. Hoffentlich klappt das morgen mit dem Chauffieren nach Frankfurt zum Airport. Dann genießt er den warmen Tag. Später wird er in den Nachrichten hören das Kitzingen an diesem Dezembertag mit 14 Grad der wärmste Ort in Bayern war. „Ja dann schönen Tag noch!", der junge Mann schleicht wieder zurück in die Firma. VW Händler mit Werkstatt. Viel zu montieren gibt es an den neuen Autos ja nicht mehr.

Auch Babys brauchen für Reisen ins Ausland einen eigenen Kindereisepass. Den hatte Hatterer schon im Sommer machen lassen. Er hat ein Baby-Körbchen, das an der Bordwand vor der ersten Reihe angebracht ist gebucht. Beim Check-In lief alles reibungslos und entspannt. Die Leute am Schalter waren sehr nett. Im Handgepäck hatte er für den Fall der Fälle ausreichend Wechselkleidung und natürlich Windeln mit Feucht- und Reinigungstüchern eingepackt. Der Flug nach La Palma dauerte immerhin vier Stunden. In einem Ratgeber hat er gelesen das er um den Druckausgleich bei seinem Delcy zu regulieren, immer etwas zu Essen, Trinken oder den Schnuller im Handgebäck haben sollte. Dies war aber nicht nötig sein kleiner Sohn hat während des gesamten Fluges gepennt. Hatterer freute sich auf

den Urlaub, heutzutage war es schließlich keine Selten-
heit mehr mit Babys oder Kleinkinder in den Urlaub zu
fliegen. Im Kopf ging er nochmal alles durch.

Bei herrlichem Sommerwetter setzte der Airbus sachte
auf. Ein Könner der Pilot dachte Hatterer. Eine Flugbe-
gleiterin half ihm Delcy in den Buggy zu setzen. Der
kleine Mann strahlte. „Bus 24!" sagte die Dame am
Schalter des Reiseveranstalters. Hatterer trottete, den
Buggy schiebend und mit einer Hand seinen bunten
Rollkoffer ziehend, auf den Busparkplatz. Der Busfah-
rer, ein kleiner, drahtiger Mann mit Pechschwarzen
Haaren half ihnen beim Einsteigen. Es waren nur zwei
Paare und er mit seinem Delcy im Bus als der losfuhr.
Es ging durch eine Atemberaubende Landschaft im Sü-
den der Insel am Meer entlang, bei Wärme und Staub
holperte der kleine Reisebus Richtung Los Canarios
Fuencaliente. Als der Bus neben dem Supermercado
„Jennifer" an einer roten Ampel stehen bleiben musste
sah er einen Mann über den Zebrastreifen laufen dessen
Gesicht, von einer Sonnenbrille verdunkelt, er von ir-
gendwoher kannte. Er kam aber nicht drauf wer es war.
Der Bus ruckelte an und fuhr weiter. Er konnte schon
das Meer riechen, frischer Seewind trieb schwarzen
Vulkan-Sand durch die Gassen und Straßen. Der Llano-
del-Banco-Vulkan* sollte einige Jahre später für
Schlagzeilen sorgen. Delcy meldete sich und Hatterer
gab ihm den Schnuller, der an einer Kette bestehend aus
Buchstabenwürfel und hellblau gefärbten Holzperlen
bestand. Delcy schlief schnell wieder ein.

Nach dem Einchecken im Hotel schaute er sich mit Delcy die beheizte Kinder-Poollandschaft an. Eine extrem dicke Frau hielt auf ihren Schoß einen kleinen Köter und fütterte ihn mit Bananenstückchen. Hatterer mochte keine Hunde, jedenfalls nicht so kleine Kläffer. Sage und schreibe neunzehn Schwimmbecken gab es in der Hotelanlage, drei davon für Kleinkinder, eines sogar beheizt, ein Becken auch für Hunde. Das Wasser war schön warm und auch die Außentemperatur hielt gut mit. Vierundzwanzig Grad im Dezember nicht schlecht. Delcy wollte gar nicht mehr von der kleinen Babyrutsche runter er johlte vor Freude. Vor dem Abendessen schälte er Delcy aus der wasserfesten Windel und zog ihm den schönen Elefanten Strampler, der ihm bald zu klein sein wird, an. Das Abendessen fand in einem großen Speisesaal statt der den Charme einer Krankenhaus Ambulanz ausstrahlte. Self Service, damit hatte er nicht gerechnet. Er schaute sich hilflos in der Gegend umher. Auf Delcy wirkten die vielen Menschen die mit großen Tellern durch die Gegend wuselten wohl etwas zu aufregend. Er fing mit dem Schreien an. „Hola, necesitas ayuda? Eres alemán?", sprach ihn eine weibliche Stimme von hinten an. "Si soy alemán! Can you help me!" Die junge Frau lachte ihn an. "Si, ick sprechen eine wenig deutsche. Sie brauche eine Platz, was zu esse und eine Flasche für den Kleinen der ancheine ohne Madra hier ist! Bitteschön folge se mir!" Sie wackelte zu einem Fensterplatz mit schönen Blick Richtung Westen und dem damit beginnenden Sonnenuntergang. "Ich serviere ihnen den Tagesteller, wenn es recht ist." Hatterer im setzten: „Ja gerne für Delcy brauche ich kein

Fläschchen, ein Kinderlöffel reicht er isst bei mir mit!"
Die Frau lächelte, „Was für ein schöner Name. Mein
Name ist Isabella und ich kümmere mich um die niños
pequeños hier im Hotel. Lassen sie sich überraschen ich
stelle was schönes zusammen." Im weggehen kniff sie
Delcy zärtlich in seine roten Bausbäckchen.
Isabella brachte als Vorspeise eine Art Omlett mit allem
was hineingehört, mit Himbeeren und kleinen Bananen
dekoriert.   Hatterer hatte sich ein Fläschchen Rose
"Miss Garnacha" bestellt. Schönes Etikett mit einer
hübschen Sängerin im Comiclook. Der Inhalt war nicht
so prickelt. Als Hauptspeise bekam er dann Kotletts mit
den typischen, kleinen Salzkartoffeln die mit Schale
serviert werden dazu die rote Mojo Sosse. Lecker. Dann
machte er sich über den Salatteller mit vielen frischen
Salatsorten her. Für Delcy hatte Isabella dann noch eine
typische Minibanane, die in La Palma zum Teil unter
großen   Folienlandschaften   angebaut   werden,
mitgebracht. Delcy hatte aber keinen großen Hunger
mehr, das Omlett hatte ihn gut geschmeckt. Hatterer
stopfte die kleine Banane in sich rein bevor Isabella mit
dem Nachtisch für ihn zurückkommt.
Es gab eine Dobostorte. Sie ist die bekannteste ungari-
sche Torte. Sie besteht aus acht Schichten Biskuit und
Schokoladen-Creme sowie einer Karamell-Glasur. Erklärt hatte ihn das mal ein ungarischer Kollege bei der
Lösung eines Falles an dem sie beide grenzüberschrei-
tend arbeiteten. „Das ist doch eine Dobostorte!", sagte
Hatterer verwundert zu Isabella. „Stimmt, unser Chef-
patissier stammt aus Ungarn." Sie lacht und entschwin-
det. Hatterer schaut ihr nach und merkt dabei das sie

jetzt ein bisschen mehr mit ihrem Hintern wackelt wie vorher.

Delcy schläft sofort ein als er den Schnuller im Mund hatte.

Hatterer lässt das Geschiir auf dem Tisch stehen und geht zum Aufzug um in sein Appartement zu fahren. Dort zieht er sich aus, duscht und legt sich auf sein Bett nachdem er den Schlafanzug angezogen hatte.

Er muss an das Gesicht denken das ihn auf dem Zebrastreifen in Fuencaliente angegrinst hatte.

Er schlief ein um nach einer kurzen Zeit schweißgebadet aufzuwachen. Er hatte von Isabella geträumt wie ihr eine Schlinge um ihren Hals gelegt wurde. Dann erkannte er das Gesicht des Mannes er hatte einen Flashback, es war Volkov und jetzt wusste er auch wen er am Zebrastreifen in Fuencaliente gesehen hatte.

Es war kalt und die See war stürmisch als der Bananendampfer aus der Meerenge von Gibraltar in den offenen Atlantik hinausfuhr. Es war für Volkov die einzige Möglichkeit gewesen seine Flucht aus Armenien erfolgreich weiterzuführen. Im Kofferraum von Dimitri Smirnovs Range Rover Evoque war er aus Armawir nach Batumi in Georgien entkommen. Der Transnistrier Smirnov konnte ihn für eine Passage nach La Palma bei einem befreundeten zypriotischen Kapitän auf dessen Bananenfrachter unterbringen. Kost, Logis und Verschwiegenheit hatten ihren Preis. 3000 Euro musste Volkov hinblättern. Anscheinend war Dimitri Smirnov im Containerterminal von Batumi eine große Nummer. Volkov fiel auf das ihn viele Leute grüßten als sie auf dem Weg zum Schiff Calypsos liefen. Das Schiff war seetüchtig der Rumpf schien gesund zu sein. Doch von außen sah der Kaan schon ziemlich abgewrackt aus. Egal er musste weg so schnell es ging. Sechs Tage war er dann mit dem Schiff unterwegs, das ohne Stabilisatoren und mit wenig Rückfracht auf dem winterlichen Atlantik kräftig durchgeschüttelt wurde. Volkov wurde seekrank und kotzte sich den Magen leer. Er muss sich an die Bewegungen des Schiffes gewöhnen. Langsam kennt er eine Unmenge von Geräuschen! So ein Schiff ist eine wahre Sinfonie. Die Verpflegung unterwegs war gut, aber er konnte keine Bananen mehr sehen. Nach dem vierten Tag war ihm nur noch ein bisschen flau im Magen und er musste nur noch einmal am Tag kotzen. Land in Sicht. Der von der Hafenbehörde von Santa Cruz de Tenerife verwaltete Hafen von Santa Cruz de la Palma liegt im Osten der Inselhauptstadt. Neben einem Yachthafen hat er einen Frachtbereich wo die Calypsos anlegte. Es gibt regelmäßige Fährverbindungen nach Cadiz, Las Palmas, Tenerife und la Gomera. Der Kapitän ließ Volkov nachts von Bord. Es war warm und Volkov schlief in einem Park in der Nähe des Hafens. Ein Kreuzfahrtschiff legte an und Volkov wachte auf. In einer Hafenkneipe die anscheinend durchgehend geöffnet hatte stärkte er sich mit einem Kaffee und nahm seine Tabletten ein. Danach ließ er sich mit einem Taxi nach Fuencaliente fahren und checkte in einem Bungalow ein, den ihm der Kapitän vermittelte hatte.

Am Nachmittag ging in der Calle Velazquez 155 Madrid bei der russischen Botschaft ein Anruf ein in dem ein Landsmann den Verlust seiner Ausweispapiere angab.

Volkov gab sich als einen Mann aus den er von der Firma in der er gearbeitet hatte kannte. Dieser lebte mittlerweile in Ägypten. Er hat eine Einheimische geheiratet, hat deren Namen angenommen und vermietet die Hotelanlage seiner Frau an reiche Russen. Fjodor Kurnikov hieß der Mann und jetzt auch Volkov. Die neuen Papiere werden in einer Woche, also noch vor Weihnachten bei ihnen ankommen. Mit einer Paypal Überweisung gehen auch in Russland solche Dienstleistungen schnell von statten.

Am nächsten Morgen war einkaufen angesagt. Er hatte zwar noch reichlich Geld, trotzdem wollte er haushalten. Er kaufte nur das nötigste. Wasser, Milch, Müsli Äpfel und frisches Gemüse. Als er über den Zebrastreifen neben dem Supermercado „Jennifer" ging sah er in einem Bus ein Gesicht das ihn interessiert anstarrte. Es war nicht möglich dachte er sich, hier gibt es keine Russen. Die machen in der Türkei und in Ägypten Urlaub, vielleicht nach am Schwarzen Meer oder im Iran oder Aserbeidschan. Egal er machte sich auf den beschwerlichen Weg hinauf zu seiner Ferienwohnung. Wenn der neue Ausweis eintrifft wollte er weiter zurück auf das Festland. Moldavien oder Transnistrien so genau hatte er sich noch nicht festgelegt. Er wusste nur das eine, das er vorher nochmal in das gottverdammte Brandenburg musste um die Kohle zu holen. Jetzt dringender denn je. Tesla will dort seine Gigafactory bauen.

„Gute Morge!" Isabella strahlte Hatterer förmlich an. Er setzte Delcy in den Kindersitz. „Kann ich das Fläschchen für den Kleinen irgendwo warm machen?" Isabella schaute ihn fragend an. Ihre tiefgeschnittene weiße

Bluse gab ein wundervolles Dekolleté frei. Hatterer verweilte wohl eine Sekunde zu lang darauf. Trotzdem lachte sie ihn an: „Setze dich da hin, ich hole Kaffee, willst du schwarze oder miiiit Milk? Azúcar?" Hatterer hechelte ein "Ich tricke schwarz!", hervor. Nach dem Frühstück kam Isabella wieder angewackelt, Hatterer überlegte ob er ihr erzählen sollte das er von ihr geträumt hatte. Ließ es aber sein stattdessen fragte er nach der Hoteldirektion. Isabella fragte staunend was er von der Direktion wolle. "Ja das ist kompliziert. Ich weiß gar nicht wie ich anfangen soll. Ich will mich auch nicht beschweren ehr das Gegenteil!" "Was ist Gegenteil!" "Gegenteil ist in diesem Fall das ich mich nicht beweren will sondern das ich meine vollste Zufriedenheit zum Ausdruck bringen möchte. Aber ich möchte die Direktion noch etwas anderes fragen!" Zuerst möchte ich aber dich fragen... Delcy fing das schreien an. "Ich glaube ich muss ihn wickeln, ich sags dir später! Bist du eigentlich verheiratet!"
Isabella wurde von einer Kollegin gerufen "me puedes ayudar!" „Bis später, kommst du zum Lunch oder zum Dinner!" Zum Dinner ich mag den Sonnenuntergang, in dem Licht siehst du so wunderschön aus!"
„Habe ich das jetzt wirklich zu ihr gesagt?" Delcy schrie lauter und Hatterer setzte ihn in den roten Maxicosi und diesen dann auf das Fahrgestell. Es war dann ein Kinderwagen. Im Aufzug ging es in den vierten Stock. Delcy schrie auch im Aufzug und er stank fürchterlich. Eine junge Frau hielt sich die Nase zu. „Blöde Göre!" dachte Hatterer. Nach ausführlicher Reinigung des Kleinen zog er ihm die Badewindeln an und steckte ihn in

ein hellblaues Bademäntelchen das ihm Großtante Petra gekauft hatte. Als sie abmarschbereit waren schlief Delcy ein. Hatterer legte ihn in das Kinderbettchen ging hinaus auf den Balkon und schaute auf das Meer. Zwei Tage vor Weihnachten, er konnte es nicht glauben. Palmen, schwarzer Sand und blaues Meer mit weißer Gischt. Er zog sein Smartphone aus der Tasche und rief bei seiner Großtante an. „Danovovski, bitte!?" „Hallo Petra ich bins Arne. Ich wollte dir ein frohes Fest wünschen und dann bräuchte ich noch deinen Rat!"

„Wo steckst du verdammt, ich war in Kaltensondheim und wollte mit dir Weihnachten feiern. Schleret sagte dann zu mir das du mit Delcy in Urlaub gefahren bist. Ich musste bei ihnen fetten Schweinebraten essen. Furchtbar. Kannst du das denn überhaupt alleine mit dem Kleinen!"

Hatterer holte tief Luft. „Ja scheiße ich habs vergessen dir zu sagen das ich wegfliege. Es war ein spontaner Entschluss. Elsa hat den Kleinen bei mir abgelegt und im Büro hatte ich einen unsäglichen Stress und ich hatte mich auch geärgert. Ich bin jetzt auf La Palma!"

Stille noch zwei Sekunden dann: „Wo bist du?" „Auf La Palma, Kanarische Inseln!"

„So, so und was willst du mich fragen und wie heißt das Hotel."

„Es ist etwas kompliziert. Ich glaube ich habe mich verliebt und weiß nicht was ich machen soll!"

„Gottchen, mein Kleiner weiß nicht was er machen soll. Du musst zupacken, wenn du verliebt bist. Du wirst nicht mehr jünger. Wie alt ist sie denn? Ist sie

Deutsche." Hatterer merkte das es ein Fehler war seine Großtante, über seinen Gefühlszustand, einzuweihen.
„Ehrlich gesagt weiß ich nur ihren Vornamen, sie dürfte so um die 40 sein."
„Wie heißt das Hotel!"
„Du willst aber jetzt nicht kommen! Teneguia Princess Fuencaliende!"
Die Antwort dauerte dann etwas länger: „Nein ich will nur mal im Internet schauen wo du steckst! Also mein Junge lade sie mal ein und bring dann raus wie alt sie ist, ob sie verheiratet ist und woher sie kommt. Ich habe mal zufällig im Fernsehen gesehen das es auf La Palma viele Gastarbeiterinnen aus Venezuela und Kuba gibt. Kann aber auch sein das ich mich getäuscht habe. Junge es klingelt meine Fußpflegerin kommt. Ran an die Buletten du schaffst das schon. Ich war immer dagegen das du die blöde Menzel heiratest das weißt du doch!"
Eingehängt.
Mittlerweile war es zwölf Uhr Delcy schlief immer noch tief und fest.
So ein Penner.
Hatterer fing an in einem Buch zu lesen das er in Frankfurt in der Flughafenbuchhandlung gekauft hatte.
„Späte Zeit des Glücks"
Der Titel passt ja schonmal dachte er. Nach drei Seiten schlief er ebenfalls ein.
Er wachte durch Delcys Geschrei auf. Der Kleine hatte Hunger. Nachdem er sich den Schlaf aus den Augen gedrückt hatte, gab er ihm einen Fruchtriegel, Rote Traube, Aronia & Banane, ohne Zucker Delcys

Lieblingsorte. Der Kleine mamfte zwei Stück in sich hinein und war dann topfit.

„So mein Kleiner, jetzt gehen wir baden, ja wir gehen baden das gefällt meinen kleinen Delcylein!" Hatterer gab Delcy bei der Kinderbetreuung ab und googelte auf seinem Laptop nach der Einwanderungsgeschichte die er von seiner Großtante gehört hatte. Er saß nur wenige Meter von dem Kinderschwimmbecken entfernt in dem sein kleiner Sohn vor Freude jauchzte und geführt von der jungen Kinderbetreuerin kräftig umherwatschelte. Er konnte schon ganz gut laufen für seine 14 Monate.

Im Internet fand er dann eine Seite auf der beschrieben wurde was seine Tante ihm gesagt hatte. Seinem Kleinen gefiel es im Wasser. Er klappte den Laptop zu und machte von Delcy Fotos wie er bei herrlichem Wetter mit den anderen Kindern im Wasser plantschte. Mittlerweile ist es vier Uhr geworden und er merkte das der kleine etwas in der Hose hatte. Das winkeln war für ihn kein Problem und einige Meter vom Pool entfernt stand ein Wickeltisch mit allem was er zum Popo säubern brauchte. Delcy gähnte und Hatterer packte ihn in das Bademäntelchen bedankte sich bei der netten Kinderbetreuerin und verabschiedete sich. Als sie zusammen oben im Appartement angekommen waren schlief der Kleine schon wieder. Wasser macht müde.

Erst um sieben Uhr wachte Delcy wieder auf. Er fing sofort an zu schreien. Er hatte Hunger. „Mein Kleiner wir fahren jetzt zu Tante Isabella und du bekommst was

Leckeres zum Abendessen!" Delcy strahlte beim Wort Essen, dessen Bedeutung er wohl schon kannte.

Hatterer war enttäuscht. Er konnte nirgends „seine" Isabella sehen. Er hatte doch gesagt das er erst zum Dinner kommt. Die Frau die ihn jetzt mehr recht als schlecht bediente wollte er nicht fragen, was mit Isabella los ist. Auch die gefüllten Paprika mit Petersilienkartoffeln schmeckten ihn und Delcy nicht sonderlich.

Traurig fuhr er nach dem Dinner mit dem Aufzug nach oben. Er zog Delcy um verfrachtete ihn in den Maxicosi und machte sich mit ihm auf den Weg nach unten um sich auf der langgezogenen, großzügig angelegten Strandpromenade noch ein bisschen die Füße zu vertreten. Mittlerweile war es stockdunkel geworden. Der Kleine quengelte. Er setzte sich auf eine Bank und schaute in die Sternennacht über den mondlosen Horizont. Er schaukelte dabei mit einer Hand den Kinderwagen damit sein Söhnchen einschlafen konnte. Er hatte es sich leichter vorgestellt mit dem Kleinen. Er steckte seine ganzen geplanten Aktivitäten zurück und kümmerte sich nur noch um sein Söhnchen. Er war es nicht gewöhnt, woher auch, er hatte ihn ja nur alle zwei Wochen am Wochenende. Plötzlich hielten zwei warme Hände seine Augen zu. „Bist du das Isabella?" „Si! Ich habe dich beobachtet wie du mit dem Kleinen umgehst. Es gefällt mir wie du das machst. Wie alt bist du?" „Wie alt bist du!" erwiderte Hatterer. „Also ich bin vierundvierzig Jahre alt, sagt man doch so!" Er nickte und lächelte zugleich: „Schnapszahl!" „Was ist

Schnapszahl?" „Schnapszahl ist eine mehrstellige Zahl, die ausschließlich aus identischen Ziffern besteht." „Was heißt identische Ziffern? Ahh ich kann es mir denken vierundvierzig sind zweimal vier. Wie alt bist du?" Er musste lachen. „Ich habe auch Schnapszahl und zwar zwei Fünfen!" Isabella lachte und sagte dann etwas Furchtbares, jedenfalls empfand es Hatterer so. „Du bist ein alter Sack! Aber ein sehr netter und einfühlsamer!"

Nach der fünfminütigen Stille war es Isabella die wieder mit dem Sprechen begann. Sie wollte wissen ob das mit dem Sack so schlimm war, weil es ihm anscheinend die Sprache verschlagen hatte. Sie hätte es mal beim anrichten des Frühstücksbüffets gehört. Hatterer erklärte ihr was er unter alten Sack versteht. Isabella lachte dann so laut das Delcy wieder aufwachte. Sie hätte das nicht so gemeint und sagte dann zu ihm das er mit seiner Schnapszahl noch sehr gut aussehen würde. Wunderte sich aber gleichzeitig, dass er nicht der Großvater des Kindes sei. Hatterer meinte darauf das es in Deutschland nichts Außergewöhnliches ist das ältere Menschen nochmal Eltern werden.

Er sei ein Spätzünder sagte er dann zu seiner Angebeteten. Die dann wiederum wissen wollte was er beim Direktor des Hotels wollte. Hatterer rutschte auf der Bank verlegen hin und her. Isabella setzte sich neben ihn und forderte ihn nochmal auf es ihr zu sagen. Dabei kitzelte sie ihn mit ihren Händen an seinen beiden Seiten und forderte dabei seine Abenteuerlust hervor.

„Weißt du ich weiß nicht wie ich es erklären soll. Es ist etwas das zwischen uns beiden zusammenhängt! Isabella schaute ihn mit großen Augen an und streichelte jetzt mit ihrer rechten Hand über seinen Nacken. „Jetzt musst du es sage. Was ist los zwischen uns deiner Meinung!" Hatterer nahm allen Mut zusammen: „Ich habe mich in dich verliebt und wollte den Direktor fragen ob er dir Urlaub geben kann damit wir mehr Zeit zusammen hätten!" Er merkte wie er rot wurde.

„Das wolltest du ihn fragen. Wirklich. Du hast dich in mich verliebt?" „Ja!", erklang es leise aus Hatterers Mund.

Isabella setzte sich auf seinen Schoß und gab ihm einen langen Kuß. Dann wollte sie ihm etwas sagen bzw. erklären. Hatterer, legte seinen Zeigefinger auf ihren Mund und nahm sie nun ebenfalls in die Arme und machte mit dem Küssen weiter. „Du weißt, wenn du jetzt nur mit mir spiele willst und dich dann aus de Staube machst und ich meine Job verliere bringe ich dich um." Delcy fing auf Kommando mit dem Schreien an. Isabella nahm ihn aus dem Maxicosi und wiegte ihn sanft, wie die Wellen im Meer, hin und her. Er machte dann bald die Augen wieder zu.

„Weißt du, ich weiß noch nicht einmal wie du heißt und du kennst auch nur meinen Vornamen!" „Das stimmt wohl, also ich heiße Arne Hatterer und lebe in einer kleinen Stadt in Franken, das gehört zu Bayern, wenn du schon einmal davon gehört hast!"

„Hattarattere!" Isabella lachte: „So heißt doch kein Mensch, das hört sich an wie ein Römisches Wagenrennen! Anne ist schön aber ise des nichte ein Frauename?" Arne runzelte die Stirn. „Arne nicht Anne und Hatterer bitte, das ist ein Urbayerischer Name. Wie ist dein Nachname?" „Rodríguez! Ich bin keine gebürtige Spanierin weißt du. Nach dem Ende des Zweiten Weltkriegs sind viele Canarios nach Venezuela ausgewandert. Ich wurde 1975 dort geboren. Mit Beginn der großen Rückkehrer Welle bin ich dann 1995 zurück in die alte Heimat meiner Vorfahren gekommen es war nicht leicht für meine Familie hier Fuß zu fassen. Ich hatte keine Eltern mehr, mein Vater ist kurz nach meiner Geburt in Richtung USA abgehauen. Meine Mutter und meine Oma sind in Venezuela gestorben. Mein Opa nahm mich dann mit. Zuerst nach Teneriffa und dann hier. Er ist vor drei Jahren ebenfalls gestorben. Seitdem bin ich alleine. Deutsch habe ich schon in Venezuela gelernt. Bei einem deutschen Farmer der unsere Familie ausgenützt hat. Meine Mutter hat kurz vor ihrem Tod zu mir gesagt, dass er eigentlich mein Vater sei. Er hatte sie vergewaltigt. Er speiste mich mit 10.000 Dollar ab und mein Opa und ich sind dann nach Spanien ausgewandert. Es war eine harte Zeit. So jetzt weißt du fast alles über mich. Schlaf eine Nacht drüber und sag mir morgen wie du dich entschieden hast. Gute Nacht Anne!"

Arne spielte noch ein bisschen mit seinem Söhnchen im großen Bett. Er konnte in der Nacht nicht gut schlafen. Immer wieder wachte er auf. Er muss seinem Herz folgen dachte er. Delcy lachte und als ihn Arne kitzelte.

Dabei schaute er ihn groß an, als ob er spüren würde das sich sein Vater irgendwelche großen Gedanken macht. Es war jetzt neun Uhr er sollte eigentlich zum Frühstück gehen. Dann klopfte es an der Türe.

Hatterer öffnete und machte große Augen, es war der Zimmerservice. Die junge Frau übergab ihm ein Schreiben der Rezeption. Er solle sich dort unverzüglich melden. Er ahnte nichts Gutes.

Im Aufzug traf er wieder auf die junge Zicke die sie Beide schon einmal begleitet hatte und dann naserümpfend, fluchtartig den Aufzug im ersten Stock verließ. Hatterer beachtete sie weiter nicht. Er war gespannt was ihn erwartete. Als er den Buggy mit Delcy zur Rezeption schob hörte er eine bekannte Stimme. Das darf doch jetzt nicht wahr sein, dachte er so im Stillen. „Da bist du ja mein Junge!" Es war Großtante Petra wie sie leibt und lebt. „Du ich habe mich gleich in den Flieger gesetzt und bin hierhin geflogen. Isch muß endoch wesse wat loss es met dir!" Immer wenn sie aufgeregt war kam bei dir der Kölner Dialekt durch. „Hast du schon Kaffee!". Sie streichelte Delcy über den Kopf und faselte dann mit fester Stimme: „ne ävver dat wör jetz staats esu e tasse blömcheskaffee Arne!"
Im Speisesaal angekommen lugte Arne nach Isabella, die dann auch nach einigen Minuten, mit schnellen Schritten kam. „Buenas Dias, wie immer auch für die Seniora??" „Warte ich gehe mit, Petra kann jetzt ja auf den Kleinen Aufpassen, gell Petra!" „Ija maach kuschtich Isch pass op deinen kleinen op!"

„Ist das deine geschiedene Frau?", fragte Isabella in einem etwas giftigen Tonfall.

Hatterer musste Lachen, „das ist meine Großtante und die ist schon über siebzig!"

„Dann hat sie sich aber schon gut gehalte!" sagte Isabelle lächelnd. Sie wirkte etwas verlegen als sie drei Teller mit Omeletts, Brot, Wurst, Käse, Marmelade und dazu eine Kanne mit Kaffee auf zwei Tabletts zusammenstellt, die anderen Gäste schauten verdutzt und wunderten sich vermutlich über den Service der Ihnen nicht zuteilwurde.

Großtante Petra ließ es sich schmecken.

„Es dat jetz der Angebetete. Mi wat han Isch för ein Hunger, dat muß der Seeluft sie." Isabella fragte Hatterer was sie gesagt hat. „Erkläre ich dir später und zu seiner Tante gewandt „Ja!" Delcy quengelte. „Isch jon ens met däm Kleinen Kääl aan der frische Looch!" „Mach das wo hast du eigentlich deinen Koffer!"

Er sei schon im Zimmer rief sie im fortlaufen mit dem Kleinen im Buggy.

Hatterer erklärte Isabella das seine Tante wahrscheinlich nur wegen Delcy gekommen ist, sie liebt ihn über alles. Isabella meinte dann sowas wie Angebetete aus dem furchtbaren Dialekt herausgehört zu haben. Der Restaurantchef kommt und fordert mit deutlichen Worten Isabella auf die Tische abzuräumen. „Ich spiele mit dem Feuer sag mir sofort das du mich liebst und mich mit nach Deutschland nimmst!" Hatterer blieb die Luft weg. Er schnaufte tief durch, überlegte nur kurz um sich dann hinzuknien und laut zu rufen, das es der ganze

Speisesaal hören konnte: „Willst du meine Frau werden!" „Si quiero!"
Fast alle Touristen und Hotelbedienstete standen auf und klatschten, der Restaurantchef kam mit einer Flasche Schambus angerannt und viele Smartphons wurden gezückt um Bilder von dem küssenden Paar zu machen.

Isabella hat ihren Job gekündigt und Hatterer hat das Zimmer umgebucht. Für den Heiligen Abend besorgte er im Supermarket einen kleinen Weihnachtsbaum aus Plastik. Es gab nur noch einen Weißen, egal her damit. Geschenke gabs keine, dachte Hatterer jedenfalls.
Doch Tante Petra, hat sowas schon geahnt und hat für Isabella einen schönen goldenen Bandring aus ihrer eigenen reichhaltigen Schmuckschatulle mitgebracht. Besetzt mit drei Diamanten im Altschliff, ein Juwelier hatte ihn mal vor längerer Zeit auf Tausendzweihundert Euro geschätzt. Für Arne hatte sie einen netten, antiken Geldbeutel gefüllt mit fünf zweihundert.- Euro Scheinen eingepackt. Es war ihr Lieblingsgroßenkel, was ziemlich einfach zu erklären war. Es gab nur den Einen. Für Delcy gab es ebenfalls ein Scheinchen. Am Airport hatte sie noch eine Panettone gekauft.
Die Weihnachtsfeier konnte beginnen. Zuerst unten im Speisesaal und dann im neu gemieteten Appartement.

Tante Petra ging dann mit Delcy an die frische Luft. Sie war von der gesundheitsfördernden Meeresluft überzeugt. An der Türe sagte sie dann zu Arne gerichtet: „Versaus nicht!"

Arne versaute es nicht, Isabella hing sofort an seinem Hals und zog ihn zu sich hinunter. Es dauerte nicht lange und beide langen nackt aufeinander und liebten sich leidenschaftlich. Seine Hände wanderten über ihren Rücken zu ihrem süßen Po, drückten diesen sanft. Isabella genoss seine Berührungen und drückte sich stärker an ihn. Als er in ihr eindrang und sich auf ihr bewegte langsam und sicher stieg die Leidenschaft ins unermessliche bei Beiden.

Großtante Petra schob den Kinderwagen mit Delcy einige hundert Meter, dann spürte sie ihr rechtes Knie. Was solls dachte sie sich und nahm im nächsten Straßencafé Platz und bestellte sich einen Cappuccino. Ihr kleiner Freund, der Sohn ihres Großneffen, schlief tief und fest. Sie holte ihr Smartphone aus der Tasche und machte ein paar Fotos von dem niedlichen Kleinen Mann, der gerade dabei war das Laufen zu lernen. Ein Mann watschelte durch die Aufnahme. Egal Petra drückte nochmal ab. Dann drehte sie einen kleinen Clip vom Treiben auf der Uferpromenade.

Isabella und Arne konnten nicht voneinander ablassen, nach dem zweiten Orgasmus. Schliefen sie Arm in Arm ein.

Volkov bekam einen Anruf seiner Vermieterin das Post für ihn gekommen wäre. Er lief über die Strandpromenade und wäre vor lauter Eile fast an einem Kinderwagen hängen geblieben.

Nachdem die Beiden aus dem kurzen Love Nap wieder wach geworden waren ging Isabelle ins Bad. Hatterer schaute mit glühenden Ohren den wohlgeformten Hintern nach als wäre er das goldene Vlies. Dann gingen

sie schnurstracks zum Hotelmanager der glücklicher-
weise gerade Zeit hatte.

„Du weist das du einen gültigen Arbeitsvertrag bei uns
im Hotel hast. Aber ich will deinem Glück nicht im Weg
stehen. Ich lasse deine Papiere bis nach Weihnachten,
wenn das Büro in der Verwaltung wiederbesetzt ist, fer-
tigmachen. Ebenso den Aufhebungsvertrag. Bis dahin
kannst du Resturlaub nehmen!"
Die Beiden verließen merklich erleichtert das Büro.
Hand in Hand gingen sie hinunter ans Meer. Ein Luftzug ging, die Palmblätter wogen im Wind. Ein Mann
kam die Stufen hinaufgerannt und rammelte Arne an,
der erstaunt in das Gesicht des Mannes schaute.
„Volkov?" kam es über seine Lippen. Der Mann schaute
Arne, als er seinen Namen hörte, ebenfalls erstaunt an.
Er zog aus und schlug mit der der rechten Faust in Hat-
terers Magengrube, der darauf wie ein Taschenmesser
zusammenklappte und röchelnd niederging. Isabella
schrie auf „Dios mío, qué tiene de malo eso? Arne !!
Detén al chico!"
"Das war Volkov!"
"Wer war das?"
"Volkov, scheiße du kennst das ja nicht!"
Arne musste husten und er übergab sich.
"Was ist da los!"
Passanten halfen Arne wieder auf die Beine und setzten
ihn auf eine Bank am Rande des Weges.
Volkov war verschwunden.
"Geht es wieder!" fragte ein Mann in blauer Badehose
mit gelben Blumen drauf. Sein Schmerbauch hing ihm
über den Saum. "Ja Danke!"

"Puh!"

Isabella schaute ihn sorgenvoll an.

"Du hast den Mann gekannt!"

Hatterer breitete seine Arme, faltete die Hände und legte sie in den Nacken. Ein intensiver Schmerz zog durch seine Magengegend.

"Einen Moment dann erkläre ich dir alles!"

Großtante Petra kam mit Delcy im Kinderwagen angestürmt.

"Was zum Teufel ist hier los! Der Kleine kann laufen!"

"Schön!"

"Isabella kannst du mal auf den Kleinen aufpassen ich muß Arne etwas zeigen!"

Hatterer schnaufte aus, legte seine Hände auf die Knie und sagte dann zu Isabella.

"Ich bin Polizist und der Typ der mich gerade umgehauen hat ist ein mit Interpool gesuchter Massenmörder!"

Tante Petra schrie dazwischen: "Das wollte ich dir doch gerade sagen. Ich habe ihn aus Zufall gefilmt und fotografiert und er sieht genau so aus wie auf dem Bild des farbigen Jungen das wir in Rothenburg gesehen hatten! Du musst die Polizei verständigen!"

Isabella schaute Hatterer entgeistert an. "Du bist Polizist?" Ihre Sympatie schien zu weichen.

"Ja, hast du damit ein Problem?"

Ein anderer Urlauber hatte bereits die Polizei verständigt. Zwei stramm auftretende Männer der Policía Municipal kommen. Isabella erklärt auf Spanisch aiusführlich was sich zugetragen hatte. Sie war aufgeregt.

"Polizist!", dachte sie "das kann auch nur mir passieren!"

"Colega, its all okay!"

Isabella war jetzt gefragt es ging hin und her.

Der Hoteldirektor kam angewackelt um den mittleren Auflauf zu beenden. Überall liefen Smartphones, alles wurde gefilmt.

Kommen sie wir gehen in mein Büro.

"Geht es Arne?" fragte Isabella besorgt. Ein leises ja kam über seine Lippen.

Es dauerte über zwei Stunden bis Arne mit Hilfe von Isabella und des Hotelbesitzers den beiden Polizisten erklärt hatte um was es bei Volkov ging. Weitere zwei Stunden später kam ein Kriminalbeamter, der aus der Hauptstadt Santa Cruz angereist kam, und sich den Sachverhalt ebenfalls anhörte. Es vergingen geschlagene fünf Stunden bis die Fahndung nach Volkov auf der Insel eingeleitet wurden.

Zu dem Zeitpunkt hatte Volkov schon die Fähre in Richtung Teneriffa verlassen und war auf dem Weg zum dortigen Airport Teneriffa Süd. Dort erwischte er einen Flug der Luxair und landete neun Stunden nach dem Zusammenstoß mit Hatterer auf der Buchttreppe in Luxenburg.

Hatterer hatte inzwischen Yogi benachrichtigt der es kaum fassen konnte.

Am Morgen des zweiten Weihnachtsfeiertag war eine Andacht im Hotelfoyer anberaumt um am fünfzehnten Jahrestag des großen Tzunamis in Asien der Toten zu gedenken.

Dann kam Silvester und Hatterer hatte keine Lust am Neujahr zurück zu fliegen. Er schrieb Elsa eine WhatsApp das er es nicht schafft an Neujahr zurück in Deutschland zu sein.

Petra und Isabella freundeten sich immer mehr an. Der Zwischenfall mit Volkov zeigte ihr wie sehr sie Arne mochte. Isabella hatte alle Formalitäten erledigt und war jetzt offiziell Feriengast in der Anlage in der sie noch bis vor einer Woche geschufftet hatte. Sie fühlte sich blendent. Hatterer ging es nicht anders. Petra war mit Delcy beschäftigt was ihr große Freude bereitete. Vor allem wenn wildfremde Menschen sie als liebe Oma bezeichneten.

Isabella zeigte Hatterer die Insel. Caldera de Taburiente, schon beim Anflug auf La Palma wirkte der riesige Vulkankrater mit einem Durchmesser von ganzen neun Kilometern, auf Hatterer wie ein kolossales Loch in der Mitte der Insel. Barranco de las Angustias: Die hellen Felsklippen wirken flach, warm und eigentümlich scharfkantig. Die Schlucht verbindet die Caldera mit dem Atlantik. Dabei überwindet sie nicht nur eine Strecke von zehn Kilometern, sondern auch einen Höhenunterschied von tausend Metern. Cascada de Colores: Der Wasserfall der Farben zählt zu den eindrucksvollsten Reisezielen auf La Palma. Der Roque de los Muchachos ist der höchste Berg der Insel. Tazacorte liegt am Fuße der Caldera de Taburiente und ist von Bananenplantagen umringt und hat einen der wenigen Strände der Insel. Charco Azul, die blaue Pfütze, ist ein

Meerwasserpool, der in das schwarze Vulkangestein von La Palma eingelassen wurde und durch eine Mauer die Badenden vor den Wellen des Atlantiks schützt. Hatterer war beeindruck auch von der schönen Inselhauptstadt Santa Cruz. Im einzigen Lidlmarkt der Insel entdeckte er eine besondere Brötchenspezialität, die nicht einmal Isabella kannte. Die länglichen Teile die Aussahen wie Schrippen waren eingemehlt und im Teig war viel Anis reingebacken. Sie schmeckten gut würzig und waren zudem sehr bekömmlich.

Auf der Rückfahrt hörten sie im Autoradio von den schlimmen Waldbränden in Australien und vom Brand im Krefelder Affenhaus bei dem alle dreißig Affen ums Leben kamen. Isabella konnte alles einigermaßen übersetzen.

Um Mitternacht großes Silvesterfeuerwerk im Hafen von Santa Cruz. Isabella und Hatterer lagen engumschlungen auf einem Aussichtspunkt hoch über der Stadt und verfolgten genüsslich das Spektakel.

Am nächsten Morgen dann der Schock. Isabella will nicht mitfliegen. Ihr ist es zu kalt und unsicher in Deutschland. Mit dem Hoteldirektorium habe sie alles geregelt der Auflösungsvertrag war noch nicht in Kraft gesetzt worden. Hatterer war am Boden zerstört. Es gibt Momente in dem alle Hoffnung vergeht, aller Stolz schwindet alle Erwartung und Glaube ist weg, es ist der Moment wo Hatterers Seele drohte zu zerbrechen. Petra erklärte ihm, dass sie Isabella verstehen könne. „Mir ginge das auch zu schnell." Hatterer hörte es nicht mehr.

Am Ende eines schweigenden letzten Strandspazierganges lud Hatterer Isabella ein ihn einmal zwanglos in Deutschland zu besuchen. Es klang ziemlich hoffnungslos und Isabella musste weinen.

„Mal schaue, ich habe Angst nach Deutschland zu kommen!"

Am Nachmittag kamen der Transferbus und Arne, Delcy und Petra fuhren mit unterschiedlichen, gemischten Gefühlen zum Airport. Nach ruhigem Flug wurden sie am Abend in Frankfurt von Nachbar Schleret begrüßt. „Schön, dass du uns abholst!" Hatterer gab Schleret ein Fläschchen "Miss Garnacha", dass er ihn mitgebracht hatte. "Auf jetzt!", drängte Schleret. Geld in den Automaten der Straßenschranke und dann ab auf die Autobahn. Im Radio: Grüne und ÖVP bilden in Österreich eine Regierung, Germanwings fliegt wieder, der Streik ist beendet, der Schotte Peter Wright wird Dart Weltmeister.

Um 20 Uhr saßen sie am Küchentisch von Renate Schlereth, es gab Chili Con Carne. Hatterer hatte keinen Apetitt.

Am Morgen des 2.Januar musste Hatterer Abschied von seinem Delcy nehmen. Wortlos packte ihn seine Ex-Frau ins Auto. Hatterer war den Tränen nahe. Großtante Petra fauchte das Elsa eine hirnverbrannte Schlampe sei. Swanhilda Lichtenberg gab Gas und nach wenigen Sekunden war der SUV außer Sichtweise.

Im Büro musste Hatterer die ganze Geschichte mit dem Zusammenstoß mit Volkov erzählen. „Voll krass!" entfuhr es Yogi. „Wie geht's weiter! Ich war fleißig und habe gestern Abend noch recherchiert wo Volkov hin geflüchtet sein könnte.

Also vom Santa Cruz Airport gingen am 1.Januar. nur drei internationale Flüge ab. Amsterdam, Berlin und Frankfurt. Er könnte aber auch mit der Fähre abgehauen sein. „Du musst den 30.Dezember nehmen, muss man denn jeden Scheiss schon wieder selber machen!"

Hatterer tobte und schrie sich in Rage.

Marlene kam mit einer Tasse Erdbeertee „Hier trink mal einen Schluck und beruhige dich wieder was ist denn los."

Hatterer schlug ihr die Tasse Tee aus der Hand und schrie „du mit deinem verdammten Erdbeertee!"

Er rannte zur Tür, schnappte sich vorher seine gefütterte Jacke und schlug die Türe hinter sich zu.

Ein Anruf kam herein. „Okay!", sagte Yogi. „Zieh dich an, wir müssen los. Im Gartenschaugelände haben irgendwelche Idioten in der Silvesternacht den einen Baum auf dem großen Stadtbalkon angebrannt."

Marlene windete den Putzlappen aus: „Was für Baum, du ich bin noch ganz geschockt von Hatterers Verhalten, was ist denn da auf der Insel passiert das er so austickt. Bin gleich soweit. Zum Glück haben wir Blechtassen, sonst hätte ich jetzt auch noch die Scherben aufheben müssen. So ein Depp ich bin jetzt richtig angepisst, ich zittere richtig."

Yogi schaute Marlene mitleidsvoll an. „Der Posingbaum halt. Da wo die Leute oft Fotos machen mit Kindern, Freund/in oder auch schonmal zur Hochzeit."

„Okay und der Baum ist jetzt weg?", fragte Marlene verstört.

Yogi verdrehte die Augen: „Nein, er wurde angebrannt und von der Feuerwehr abgesägt!"

Zur gleichen Zeit fuhr Hatterer auf seinen Parkplatz vor dem Haus.

„Ich habe Scheiße gebaut!", schluchste er seiner Groß-tante vor und erzählte ihr alles.

Es war eiskalt an dem Nebel verhangenen Morgen.

„Was sollen wir jetzt da!" Yogi fror hatte die Hände in den Taschen, „wir sollen es uns einfach mal anschauen ob uns was auffällt!"

Marlene leuchtete mit der Taschenlampe in das ausge-brannte Astloch. Es war so einen halben Meter lang und zwanzig cm breit.

„Da schimmert was! Gib mir mal die Handschuhe ich habe meine in dem ganzen Stress mit Hatterer verges-sen. So ein Depp!"

Yogi zog sich die Latexhandschuhe selber an. „Lass mich mal schauen. Leuchte mal her."

Es war ein silberner kleiner Halbmond an einem Kett-chen das Yogi dann in ein Plastiktütchen steckte. Dann machte er mit seinem Smartphone von allen Seiten Bil-der.

Ein älterer Mann kam vorbei und fing gleich zu schimp-fen an. „Des warn die Drecksausländer, die ham mir so-gar am Silvesterabend einen Kracher nooch gschmis-sen!"

Yogi kletterte aus der Absperrung vor und sprach ruhig den augenscheinlichen Rentner an.

„Junger Mann Keep Cool. Was haben sie genau gese-hen!"

„Nix, ich sach jetzt gar nix mehr. Ich lass mich doch ned von dir Rotzlöffel dumm anbabbel. Macht doch was ihr wollt!"

„Komm Yogi, wir fahren. Bringt doch nix."

Marlene ging mit flotten Schritten zum Auto das wenige hundert Meter entfernt auf dem Bleichwasen Parkplatz stand. Yogi kam gefrustet hinterher gelatscht.

Nach zwei Stunden waren sie wieder im warmen Büro und erlebten eine Überraschung.

Großtante Petra lief im Büro auf und ab.

„Guten Morgen!"

„Moin, was machen sie denn da, ist was mit Arne?", fragte Yogi aufgeregt und Tante Petra winkte nur ab.

„Er ist völlig fertig. Er hat mir gesagt, dass er einen schweren Fehler heute gemacht hat...!"

Marlene unterbrach, „das kann man wohl, sagen. Er tobt rum und haut mir den Erdbeertee aus der Hand!"

Tante Erika winkt ab, „wenn sie wüssten…" diesmal unterbrach Yogi, „so schlimm?"

„Schlimmer!"

„Zuerst hat er sich verliebt, dann haut ihn der Wolka-dings um, dann machte er der Auserwählten einen Hei-ratsantrag im vollbesetzten Frühstücksraum im Hotel, I-sabella nahm ihn sogar an, doch dann will sie plötzlich nicht mehr. Arne war völlig fertig und er ist es immer noch. Ich glaube er hat jetzt ein gebrochenes Herz. Er soll sich erst mal krankschreiben lassen habe ich ihm gesagt. Erst die scheiße mit euerer früheren Kollegin. War das mit Elsa schon schwer für ihn, dann kommt der Kleine nur alle vierzehn Tage und jetzt das mit Isabella und dem Wolkodings da. Seine Niere von dem Niederschlag schmerzt ihm heute noch."

Schweigen.

Dann machte Yogi einen Vorschlag.

Marlene las im Polizeiintranet das Volkov in einer luxemburgischen Bank geordet wurde. Eine Überwachungskamera nahm ihn auf.

Großtante Erika öffnete die Tür. Auf der Coach im Wohnzimmer saß Hatterer vor ihm der Vintage Schragentisch mit einer weißen Vase ohne Blumen. Ein Spitzdeckchen akzentuierte die altertümliche Dekoration. Er sah seine zwei Kollegen mit verzweifelten Augen an.

Yogi fing an, „Alter Falter lasse dich doch ned so häng, wir brauchen dich!"

Er reichte Hatterer die Hand und zog ihn hoch, umarmte ihn und klopfte ihn auf die Schulter.

„Wird schon wieder!"

„Wenn du das sagst, Marlene es tut mir sehr leid, dass ich so ausgetickt bin."

Auch Marlene umarmte ihn.

„Wieso sagst du nix zu uns! Übrigens Volkov wurde in Luxemburg gesichtet. Lange hält der das nicht aus. Irgendwann geht er ins Netz."

„Liebe Kollegen ich danke euch, ich danke meiner Großtante. Ich war einfach mit den Nerven runter. Ich war enttäuscht, sauer und fühlte mich dementsprechend. Tja was soll ich sagen. Jetzt erst recht schnappen wir uns den Mistkerl! Das Wissen euerer Anwesenheit wird meine Entscheidung erleichtern. Auf geht´s."

Die Nachrichten berichten von einem furchtbaren Unfall in Südtirol. Ein vermutlich angetrunkener 22-

jähriger Autofahrer rast in eine Urlaubergruppe. Sechs Menschen sterben. Kein guter Start ins neue Jahr für die Angehörigen.

Auch im Irak wird gestorben. Trump lässt den Iranischen General Qasem Soleimani liquideren.

Die drei halten inne. „Scheiße alles, irgendwann knallt es richtig und dann wird nichts mehr übrigbleiben!" Marlene mit Sorgenfalten im Gesicht.

Natürlich konnten die drei zu dem Zeitpunkt nicht ahnen das im Februar 2022 Wladimir Putin seine Armee befielt die Ukraine zu überfallen.

Hatterer geht spazieren. Die blaue Stunde bereitet die Nacht vor und er muss über sein Leben nachdenken.

„Ich muss mich von allem freimachen. Nicht mehr so reinstressen. Mehr Sport und mehr Luft. Weg von der geistigen Lüftelmalerei. War das Liebe mit Isabella oder war es nur ein Beitrag zur Erderwärmung!" Er muss über seine Gedanken schmunzeln.

Am nächsten Morgen ging er vor dem Dienstantritt ins Sole Hallenbad. In der Dusche ein Mann mit einer Schneckenspur* auf dem Bauch.

Das Schwimmen tat ihm gut.

Sein Auto hatte er am Bleichwasen abgestellt um noch etwas laufen zu können. Er wollte seine Fitness weiter steigern.

Bei einem Angler, der seine Schnur am großen Stadtbalkon ausgelegt hatte, machte er auf dem Rückweg, einen kurzen Zwischenstopp. Ihm fasziniert immer die Ruhe die von den Anglern ausgeht. Ein Blässhuhn schwimmt vorbei. Plötzlich, er wollte sich gerade zum

Weitergehen aufmachen, sah er wie sich ein großes Maul öffnete, das das Blässhuhn packte und in die Tiefe des Mains hinunterzog.

Mit der Ruhe des Anglers war es nun vorbei: „Oh mein Gott, hast du das gsehen, das war ein Waller, der muss mindestens drei Meter groß sein!" Die Phantasie ging mit dem älteren Mann durch. Hatterer verabschiedete sich mit einem Schmunzeln im Gesicht und dachte was das wohl für ein Anglerlatein beim nächsten Stammtisch wird. Da wird der Fisch dann wohl fünf Meter lang sein. „Richt dem Edgar schöne Grüß vom Heiner aus! Der schafft doch bei dir." Hatterer war erstaunt das der Mann wusste das er bei der Kriminalpolizei arbeitete.

„Moin Chef! Die Meldung ist vielleicht für uns interessant. Trier liegt ja nicht so weit von Luxemburg entfernt, quasi vor der Haustür!"

„Hat es was mit Volkov zu tun!"

„Lesen sie selbst!"

Yogi drehte den Bildschirm in die Richtung von Hatterer.

„Beim Eintreffen der Rettungskräfte war sofort klar, dass es sich um eine Leiche handeln musste: Passanten haben am Mittwochmorgen einen Toten im Trierer Matteiser Weiher, zwischen Schwarzerlen und Sumpfzypressen entdeckt. Die dortige Kriminalpolizei ermittelt jetzt, wie die Frau ums Leben kam. Umgehend wurden Polizei, Rettungsdienst, Wasserwacht und die Feuerwehr alarmiert sie bestätigten die Vermutung: Im Wasser trieb der Leichnam einer Frau. Nachdem die alarmierten Rettungskräfte mit Hilfe der Feuerwehr die bis dahin unbekannte Frau aus dem Wasser geborgen hatten, konnte der Notarzt nur noch den Tod feststellen. Während Polizisten der Trierer Stadtinspektion den Bereich um den Fundort der Leiche weiträumig absperrten, nahmen Spurensicherer und der Kriminaldauerdienst ihre Arbeit auf. Die kriminalpolizeilichen Ermittlungen führten inzwischen zur Klärung der Identität der 25 Jahre alten Frau. Die Polizisten erhoffen sich nun im Rahmen einer von der Staatsanwaltschaft Trier beantragten Obduktion nähere Erkenntnisse über die Umstände, die zum Tod der jungen Frau geführt haben." War da zu lesen.

„Da müssen wir die Obduktion abwarten, setz dich doch mal mit den Trierer Kollegen in Verbindung. Dann erzählte er seinen beiden Kollegen die Geschichte mit dem Wallermaul. Beide schauten ihn dann ungläubig an. „Sag das bloß nicht Edgar!", lachte Yogi.

Plötzlich stand Polizeipräsidentin Susanna Porzuck in der Tür. „Guten Morgen Kollegen, gibt es irgendetwas neues im Fall Volkov?"

Sie war Mitglied der Freien Wähler und die Kitzinger Ortsgruppe eröffnete an diesem Morgen ihr neues Dialog-Cafe am Kitzinger Marktplatz. Sonst wäre sie mit Sicherheit nicht nach Kitzingen gekommen, dachte später Hatterer als er von der Eröffnung erfuhr. Yogi brachte sie auf den neusten Stand, sie hatte keine Ahnung von dem Aufeinandertreffen in LaPalma. Flucht nach Luxemburg und die Tote in Trier.

„Ja dann gehen sie der Sache nach und halten mich bitte auf dem Laufenden!"

„Selbstverständlich!" gab Hatterer und Marlene im Gleichklang zum Besten.

Auf dem Weg zu seinem Auto traf er einen alten Bekannten. Der pensionierte Konditormeister Alfred Meinecke will als sechster Oberbürgermeisterkandidat in den Wahlkampf ziehen. Er lud Hatterer zur Nominierungsversammlung in der nächsten Woche in die Innopark Gaststätte ein. „Ja mal schauen wie ich Zeit habe, du weißt ja die Toten warten nicht! Servus und Alles Gute für den Wahlkampf!"

Hatterer gab Alfred die Hand und lief schnell zu seinem Focus. Er stellte das Autoradio an und wollte noch in einem bestimmten Discounter einkaufen. Im Radio kam das das Drei-Sterne-Restaurant "Schwarzwaldstube" in Baiersbronn bei einem Brand komplett zerstört wurde. Er war dort einmal von einem Neureichen Bekannten von Elsa mit ihr zusammen zum Essen eingeladen worden. Gottfried Meister hieß der, glaubt sich Arne zu erinnern. Sie hatten mit Kilian von Stein gegen ihn ermittelt, konnten ihn aber nichts nachweisen es ging um sehr viel Geld. Ja da war noch alles mit Elsa in Ordnung, da waren sie noch nicht einmal ineinander verliebt zu der Zeit nur Arbeitskollegen die sich mochten.

Im Supermarkt nebenan im Backshop stöhnten die Verkäuferinnen. Permanent kehrten sie die Bons zusammen die die Kunden einfach auf den Boden warfen. Seit dem Ersten Januar 2020 wurde die Bonpflicht für alle Geschäfte eingeführt. Hatterer kaufte sich nur zwei frischgebackene Vollkornbrötchen. Er machte sich den Spaß und faltete aus dem Bon einen Papierflieger und ließ ihn in der Supermarktluft fliegen. Er hatte schon in der Schule immer die besten Papierflieger gebastelt. Seine flogen immer am weitesten. Auch der Flieger aus dem Thermopapier des Kassenbons flog weit und landete auf einem Hütchen einer älteren Dame. Hatterer hat es nicht mehr mitbekommen und ging zum Ausgang. Er freute sich auf sein Abendessen mit seiner Großtante Erika.

Diese hatte Feldsalat mit einem leckeren Dressing angemacht. Es gab dazu frischgebackene Fleischküchli, in Berlin würde man Buletten dazu sagen. Sie hatte in den Teig Ziegenkäsewürfel eingearbeitet. Eine Spezialität von ihr. „Willst du auch ein Bier?" „Ja gerne Arne, da kann ich dann besser schlafen! Gibt es was Neues auf der Dienststelle? Geht es dir wieder besser? Deine beiden Kollegen sind sehr nett finde ich!"

Es macht blob und der Bügelverschluss der ersten Flasche des Kellerbieres war offen, dann nochmal blob und auch die zweite Flasche war geöffnet. Hatterer schenkte ein und erzählte seiner Großtante was so war am heutigen Tag. Sie ging den ganzen Tag den Schlerets auf den Wecker, so stellte es sich jedenfalls Hatterer das Geschehen vor als ihm Tante Petra davon erzählte. Nach dem Abendessen legte sich seine Tante in den Fernsehsessel und schaute auf One zwei aufeinanderfolgende Wiederholungen ihrer Lieblings-Fernsehsendung „Sturm der Liebe" an. Das machte sie jeden Abend und jedes Mal schlief sie ein.

Im Büro am nächsten Morgen kam die Antwort auf ihre Anfrage bei der Trierer Polizei. Die tote Frau war eine stadtbekannte Drogenabhängige, aller Wahrscheinlichkeit ist sie an einer Überdosis gestorben.

Zur gleichen Zeit grub ein Mann in der brandenburgischen Grünheide, auf dem Waldgebiet der dortigen Seenplatte genau zwischen Priestersee und Werlsee an der Löcknitz. Volkov hatte dort einiges vergraben. Schmuck und Bargeld, das er den Offiziersgattinnen in seiner dreijährigen Ordonanzzeit abgeluchst hatte. Es war eine nicht unbeträchtliche Summe, die wenn er sparsam damit umgeht, ihn einige Jahre aushalten könnte. Dazu der, zum Teil, wertvolle Schmuck. „Wieso hat ihn dieser Mann in LaPalma erkannt! Anscheinend war das ein deutscher Polizist und die sind ja immer besonders dienstgeil!", dachte er beim Graben. Als er fast fertig war kam ein älterer Mann angewackelt, augenscheinlich ein Jäger. Er schaute sehr ernst und fragte Volkov was er denn da mache. Volkov war perplex und stotterte etwas von Bodenproben nehmen für die Landesanstalt für Raumschutz. Wegen des neuen Tesla Werkes. Deswegen holte er ja auch das Geld und die Wertsachen, weil, wenn es hier in der Gegend dann mal mit dem Bauen losgeht kann er seinen „Schatz" nicht so ungestört ausgraben wie er jetzt gedacht hatte zu tun. „Hier wird doch gar nicht gebaut! Landesanstalt für Raumschutz habe ich noch was von gehört!", stutzte der stark hustende Jäger. „Zeigen sie mir doch mal ihre Papiere, das ist mein Land, ich habe es gepachtet und da kann nicht jeder einfach darin rumgraben!" Er kam bedrohlich Näher seine doppelläufige Browning B525 Game One im Anschlag. Sein Blick war merkwürdig intensiv von richtiger Neugier geprägt. Volkov reichte ein einziger Schuss. Er hatte aus der ausgegrabenen Schmuckschatulle die Walter PPK genommen und mit vollem Risiko abgedrückt. Er hatte keine andere Wahl gehabt und er hat getroffen. Blattschuss würde der Jäger sagen. Die Waffe hatte er in einem Öltuch eingewickelt gehabt und dieses war dann in einer Plastiktüte verpackt gewesen. Der Mann kam schnell näher. Volkov reichten ein paar Sekunden. Mit einer schnellen seitlichen Drehung verbunden mit einem Sprung in den brandenburgischen Sand schoss er. Die Dämmerung war schon aufgezogen, der Mann viel tot nach vorne in den Sand.

Mit dem Klappspaten vergrößerte er das Loch in dem seine Sachen versteckt waren. Es dauerte über zwei Stunden bis er diese groß genug ausgehoben hatte. Er zog dem Toten die warme Jacke aus, nahm den Geldbeutel aus der Hose und zog ihn in sein „Grab".

Zum Glück dachte er, war hier eine gottverlassene Gegend, jedenfalls im Winter und es wird Tage, wenn nicht gar Wochen und Monate dauern bis man den Toten finden wird.

Er stieg in den vor einigen Tage geklauten Wagen. Was hätte er machen sollen, er hatte kein Geld mehr. Jetzt wurden die Karten neu gemischt. Natürlich brauchte er einen Job, aber zuerst eine weitere neue Identität. Er wusste schon wie er das anstellen wird. Er fuhr auf der A10 in Richtung Berlin. Im Radio des polnischen Senders ChilliZet sag der russische Sänger Arthur Pirozhkov seine Chika. Bei Woltersdorf an der Baustelle wurde eine Schleierfahndung durchgeführt, er hatte Glück und wurde durchgewunken. Beim Rewe Markt am Anton-Saefkow-Platz stellte er den geklauten Passat ab. Kaufte sich Wasser im Tetra Pack, Äpfel, dunkle Schokolade mit einem Kakaoanteil von 85% und einige Flaschen mit einem Kakaotrunk dazu ein paar Riegel. Dann fuhr er mit der Tram und der S-Bahn zum Berliner Hauptbahnhof. Der ICE nach Mannheim hatte fünf Minuten Verspätung. Dort stieg er um halb drei in den ICE nach Freiburg im Breisgau wo er um sechszehn Uhr den grünen Ausstiegsknopf drückte und den Zug verließ. Vor dem Bahnhof fragte er einen Taxifahrer ob er einen guten abgeschiedenen Landgasthof kenne, er sei ein Autor und müsse sich zum Schreiben entspannen. Klar das der Taxifahrer dann nicht um die Ecke fährt.

Er hatte heute eh bei einem Gasthof in Oberrimsingen zu tun. Der dortige Wirt hatte mit dem Schnapsbrennen so viel Arbeit das er ihn bestellt hatte um einige Kisten Schwarzwälder Kirschwasser zu einer Spedition zu fahren. Darum passte es ihm gut rein. „Pauline wird sich über das neue Opfer freuen!", dachte er im Stillen und lächelte vor sich hin. Während der Wirt und der Taxifahrer die in Holzkisten verpackten und die edlen Tropfen einluden, checkte Volkov ein. Er war hundemüde von der langen Fahrt und auch sonst hatte er seit vierundzwanzig Stunden kein Auge mehr zugemacht.

Zum Abendessen ließ er sich schmackhafte Käsespätzli servieren. Einfach lecker, auch der trockene Gutedel dazu.

Nach dem Abendessen machte er noch einen kleinen Spaziergang und erfreute sich an einem farbenfrohen Sonnenuntergang über den noch schneebedeckten

Vogesengipfeln. Später blinzelten wieder die Sterne am Himmel die leichte Bewölkung hatte sich verzogen. Beim Schein des halben Mondes schlief er bei offenem Fenster ein.

Das Frühstück wurde in der urigen Wirtsstube gereicht. Brötchen standen auf dem Tisch der mit einer schweren roten Damast Tischdecke überzogen war. In der Ecke hing das Geweih eines Zwölfenders. Es sah so aus als würde er über den gesamten Gastraum wachen.

Besonders lecker die selbstgekochten Marmeladen, die nach Auskunft der Wirtin aus selbstangebauten Früchten stammten.

Sie war eine Südbadenerin wie sie im Buche steht. Der Inbegriff der guten Laune. Sie gab ihm eine Gästekarte die ihn zur kostenlosen Benutzung der Öffentlichen Verkehrsmittel im Raum Freiburg, Tuniberg, Kaiserstuhl und Markgräfler Land ermöglichte.

„Wenn noch was anderes gebraucht wird, ich bin stets für alle Schandtaten bereit, mein Lebensgefährte ist die ganze Woche beim Schnapsbrennen!" Dabei rückte sie ihr schönes Dekolleté zurecht.

„Ja warum nicht!"

Volkov konnte jetzt nicht glauben was er da gerade gesagt hatte, aber er war so perplex gewesen das ihm nichts Besseres einfiel.

Er ging auf sein Zimmer. Die Kirchturmglocke gegenüber läutete den Vormittag ein. Es war neun Uhr und es regnete. Er wollte mit dem Bus nach Freiburg fahren. Nebenbei lief der Fernseher, wie immer bei ihm. Iran hatte nur eine mäßige Vergeltung verüben und Trump wollte keine weitere Rache nehmen. Gut so. Aber aus Versehen haben die Iraner ein Verkehrsflugzeug abgeschossen. Es gab über hundertsiebzig Tote. Zum größten Teil aus Kanada und der Ukraine. Putin war zum Staatsbesuch in der Türkei. Die Handball EM stand in den Startlöchern.

Es klopfte.

Volkov machte auf und vor ihm stand die Wirtin des Gasthofes.

„Sag Pauline zu mir. Komm machen wir uns einen schönen Vormittag!"

Das ausgehungerte Luder verlangte Volkov alles ab.

„Dafür koche ich dir was Schönes, du bist unser einziger Gast und es war jetzt wirklich schön mit dir. Ich habe es so gebraucht! Ruhe dich noch ein bisschen aus. In einer halben Stunde steht das Essen auf den Tisch."

Volkov schaute auf die Uhr. „Wow … schon kurz nach zwölf Uhr. Das war ein hart verdientes Mittagessen!" Es gab Rindersteaks mit Pilzen und einen schmackigen Salat dazu.

Für Pauline war das alles wie ein Deja Vu, sie flüsterte ihm ins Ohr: „Das gibt Tinte auf dem Füller!" „Was meinst du mit Tinte und Füller!" Pauline lachte: „Kannst dirs nicht denken, da kannst dus mir besser bsorge!" Volkov räusperte sich und dachte wo er da wohl hingekommen ist. Sein Plan war sich bei dem in Freiburg ansässigen Deutsch-Russischen

Literaturverein zu bewerben. Er wollte den Leuten seine Dienste anbieten.

Volkov hatte es noch rechtzeitig nach Freiburg geschafft. Nicht ohne seinen Rucksack mitgenommen zu haben. Die Sekretärin vertröstete ihn auf morgen heute hätte der Chef keinen Termin mehr frei.

Am Abend kam dann auch Paulines Lebensgefährte Waldemar vom Schnapsbrennen zurück.

Es war eine sehr stürmische Nacht und der Frost leckte schon an den Fenstern. Es ist kalt geworden.

Zum Frühstück gab es zwei Eier.

„Damit du bei Kräften bleibst. Bio Eier aus Frankreich!"

Pauline setzte sich neben ihn auf die Bank und legte ihre rechte Hand auf seinen linken Oberschenkel.

Waldemar kam zur Türe rein.

„Jetzt lasse doch unseren Gast in Ruhe frühstücke!"

Sie kamen ins Gespräch. Waldemar war ein halber Franzose und erzählte beängstigend das es mit dem Schnapsbrennen immer schwieriger werde. Aber er hätte seine festen Kunden und könne nicht klagen. Anderen Schnapsbrennern ginge es schlechter! Man muss halt mit der Zeit gehen und sich trauen neue Sorten zu brennen." „Holst du auch noch den Wi* in Heitersheim. Nächste Woche wollen wir ja wieder die Gaststätte eröffnen!" Rief ihm Pauline nach als Waldemar zur Türe hinaus ging.

Sie lachte Volkov an.

„Jetzt haben wir wieder ein bisschen Zeit für uns!"

Sie setzte sich, ihm gegenüber, auf den Frühstückstisch, schob das Geschirr, Brötchenkorb und die Marmeladengläschen zur Seite. Volkov sah voller Erregung das sie kein Höschen anhatte. Dann beugte sie sich nach vorne und öffnete seinen Hosenladen und holte das raus auf das sie gerade so scharf war. Dabei drückte sie ihre großen Brüste auf Volkovs Gesicht…

Nachdem sich Pauline vom Tisch herunterrollte und wieder in ihren Rock schlüpfte, sagte sie zu Volkov: „Wie gefällt dir der echte Landfrauen Sex? Du bist kein Deutscher oder?"

Ein Verkehrspolizist in La Palma ärgert sich zur gleichen Zeit. Der Strafzettel den er an einen Fjodor Kurnikov nach Armavir in Armenien geschickt hatte kam wieder zurück. „Unbekannt verzogen" stand auf Russisch, wie er durch den Google Translator herausgefunden hatte, auf dem Umschlag. 600 Euro wegen einer Tempoüberschreitung beim festinstallierten Blitzer in Tazacorte gingen dem spanischen Staat durch die Lappen. Es wird teuer in Spanien, wenn man mit zu hoher Geschwindigkeit erwischt wird.

Marlene, Hatterer und Yogi gingen zu Tisch. Beim Italiener in der Glauberstraße gab es für die Polizei eine extra Karte mit zwei verschiedenen Gerichten zu günstigeren Preisen. Pizza oder Pasta. Während Yogi seine Spagetti in den Mund hinein züllte, fragte er in die Runde das sie irgendwie nicht weiterkommen.

In der Grünheide wurde nach dem Jäger Marian Rudniki gesucht, seine Haushälterin hatte ihn als vermisst gemeldet. Ganz so perfekt wie Volkov gedacht hatte war das Loch in dem er den Toten vergraben hatte doch nicht. Der Hund des Toten, ein Weimaraner mit dem drolligen Namen Walter Ulbricht, mit dem die Haushälterin Lina Weide am Todestag des Herrchens beim Tierarzt in der Stadt war, fand, nachdem Lina ihn von der Leine ließ, die Todesgrube innerhalb einer halben Stunde. Das war natürlich ein Fressen für die einschlägigen Medien und erregte bundesweites Interesse.

Nach einigen Tagen wurde der in Trier geklaute Passat entdeckt. Der Geschäftsführer des REWE Marktes meldete es nach dem dritten Tag der Polizei. Gleichzeitig entdeckte die Spurensicherung Fingerabdrücke auf der Jagdwaffe des Jägers, die nach dem Abgleich einen gewissen Sergey Iwanowitsch Volkov zugeordnet wurden.

Am nächsten Morgen, stellte Hatterer sein Smartphone auf laut. Das Kitzinger Ermittler Trio bekam einen Anruf der Polizeipräsidentin aus Würzburg. Sie erklärte den Dreien was in Grünheide geschehen ist. Gleichzeitig bekamen sie den Marschbefehl sich dort genau umzuschauen. „Die Kollegen dort werden euch mit allen Mitteln unterstützen! Face to Face ist immer besser. Ende."

Yogi nickte und schimpfte gleichzeitig. „Schöne Scheiße eigentlich sollte ich Mikaela Lindholm in Frankfurt vom Airport abholen." Marlene nuschelte zu Yogi ob seine Flamme schon das Ticket gelöst hätte. Wenn nicht kannst du sie ja nach Berlin lotsen und wir nehmen sie auf der Rückfahrt mit nach Kitzingen. „Baut da in Grünheide nicht der US-Milliardär Elon Musk seine Mega Giga Factory. Ich werde mir nie ein EAuto kaufen! Mikaela rufe ich an!"

Für die 500km Fahrt nach Brandenburg brauchten sie gut vier Stunden, sie konnten mit dem BMW X6 M Dienstwagen fahren. Sehr bequem, sehr schnell. In Grünheide gab es nur einen Polizeiposten besetzt mit zwei Beamten sogenannte Revierpolizisten. „Moinsen, wir sind die Delegation aus Unterfranken! Wo können wir uns breitmachen?". Ein wenig missmutig schaute Erwin Buchwald auf die drei „Bayern", erst als Yogi einen Bocksbeutel mit edlem Silvaner der Lage Sulzfelder Maustal aus dem Gepäck zauberte lockerte sich die Geste des Beamten auf. Er führte sie in einen erstaunlich geräumigen Arbeitsraum. Es dauerte dann auch nicht lange bis zwei brandenburgische Kriminalbeamte Hallo sagten und ihre bisherigen Erkenntnisse darlegten.

Auf verschiedenen Bildern von Überwachungskameras hatten die Brandenburger die Flucht von Volkov rekonstruiert. „Schauen sie hier stellt er den in Trier geklauten Passat ab, er geht einkaufen und fährt mit der Tram vom Anton-Saefkow-Platz zum Hauptbahnhof. In der Zeit seiner Ankunft fahren drei verschiedene ICEs einer nach Hamburg, einer nach München und einer nach Mannheim. Wir haben alle Dienststellen in den Städten unterrichtet und gebeten die Bilder der dortigen Überwachungskameras nach Volkov zu überprüfen. Die Mannheimer Kollegen wurden fündig. Konnten aber nicht feststellen ob Volkov umgestiegen ist oder ob er in Mannheim untergetaucht ist."

Hatterer zollte den Kollegen Respekt für ihre tolle Arbeit und bat darum einmal zur Grabungsstätte zu fahren. In der Zwischenzeit hatte Yogi mit seiner schwedischen Freundin Kontakt aufgenommen. Sie war schon in Berlin gelandet. „Arne, Moment bitte, kann ich den BMW haben um Mikaela am Airport abzuholen. „Nimm Marlene mit damit sie nicht so alleine hier rumhängt!" „Okay!" Marlene wollte nicht „Ich will das junge Glück nicht stören!" Ich fahre mit zur Fundstelle.

Es war schon Dämmerlicht als sie ankamen. Hatterer zog seine starke Milwaukee Lampe aus dem Rucksack und leuchtete die Fundstelle ab. Der Brandenburger Kollege erklärte die Spurenlage.

Als Yogi in die Ankunftshalle kam sah er Mikaela. Sie saß auf einer Bank und hatte die Arme um beide Knie geschlungen und bebte am ganzen Leib wie eine Espe im Wind. Ein räuspern von Yogi verriet seine Ankunft. Sie schaute ihn an und sagte dann mit ruhiger Stimme, dass sie sich in einen anderen Mann verliebt hätte. Sie wollte es ihm persönlich sagen. Yogi hatte sich schon gewundert, dass er kein Gepäck sah. Jetzt war er wie vor dem Kopf gestoßen. „Ich fliege auch gleich wieder zurück, glaube mir es ist mir nicht leichtgefallen!" Sie stand auf und gab den wie zu einer Säule erstarten Yogi einen Kuss auf den Mund. Er reagierte überhaupt nicht. „Servus!" Er sah ihr nach und sah das ein anderer Typ, älter, stärker mit Vollbart und Holzfällerhemd, sie in die Arme nahm. Beide gingen dann in Richtung der Abflughalle weiter. Kein Blick zurück, es war vorbei. Er musste an den Song von Udo Lindenberg denken:

Wir gehören zusammen, bis ans Ende der Zeit
Nichts was uns trennen kann
Und wir beide dachten, dass es immer so bleibt
Doch es kommt so anders als man denkt
Wer hat diesen Trip sowas von umgelenkt

Wenn du gehst kracht der Himmel ein
Und die Sonne, sie hört auf zu scheinen
Und die Nächte werden endlos sein,
Wenn du von mir gehst
Mit deinem kleinen Koffer in der Hand
Verschwindet du in der Nebelwand
Und ein andrer nimmt dich an die Hand,
Wenn du von mir gehst....

Sein Smartphone meldete sich „Ja!"
„Alles okay mit dir du klingst so komisch!" Frauen haben ein Gespür dafür, wenn etwas nicht stimmt, auch Marlene merkte sofort an der traurigen Tonlage das etwas mit Yogi nicht stimmte.
„Sie hat mit mir Schluss gemacht!"
„Was! Scheiße!! Kannst du fahren oder sollen wir dich abholen?"
„Geht schon!"
Nach gut zwei Stunden war er wieder in Grünheide am Polizeiposten.
Erwin Buchwald schaute die drei mit sorgenvollen Blicken an und fragte ob sie heute noch zurückfahren wollen.
„Ich glaube wir fahren in ein Hotel und übernachten dort!"

„Ja wenn ihr hier übernachten wollt könnt ihr auch bei mir knacken. Ich wohne nur ein paar Meter von hier entfernt.

Aus den paaren Metern wurden einige Hundert. Dann kamen sie zu einem freistehenden Haus ohne Außenputz über ein Schalbrett gelangten sie ins Innere des Hauses. „Bin geschieden meine Alte ist mit nem Tunesier abgehauen, drum habe ich auch keinen Bock mehr gehabt die Hütte fertig zu bauen. Aber die Heizung funktioniert und fließend kalt/warm ist auch vorhanden. „Du auch!", flüsterte ein sichtlich angeschlagener Yogi. In der Küche nur ein Gasherd, ein Tisch mit vier Stühlen vom Sperrmüll, aber ein großer Amerikanischer Kühlschrank. Auf dem provisorisch angenagelten Ablagebrett waren lauter verschiedene Gläser abgestellt. Beim einschenken des Bieres sahen sie dann das es alles leere Senfgläser waren. Senfgläser in allen Variationen mit Henkel, ohne Henkel, kleine, große mit Rautenmuster im Glas. Egal das Bier war kalt und schmeckte gut. Zum Glück war die Nacht mild. Es war der wärmste Januar seit langen in Südbaden wurden sogar 15 Grad gemessen.

Das diese 15 Grad Volkov halfen bei offenem Fenster geruhsam zu pennen, nachdem er es seiner feisten Wirtin Pauline besorgt hatte, konnten die Ermittler allerdings nicht ahnen. Hatterer und Yogi schliefen im Gästezimmer, Marlene auf dem Sofa im Wohnzimmer und Erwin in seinem Bett. Wobei Yogi mit Erwin aus verständlichen Gründen ein paar Extrarunden durchzog. „Scheiß Weiber!"

Am nächsten Morgen nach einem reichhaltigen Frühstück, zudem sie auch Erwin Buchwald, in eine Bäckerei mit einigen Sitzplätzen eingeladen hatten fuhren sie wieder Richtung Heimat.

„War doch nett bei Erwin, oder?" fragte Marlene in Runde. Yogi stöhnte, er hatte am gestrigen Abend seinen Frust über die Trennung mit Mikaela einfach weggesoffen.

Hatterer fuhr die ganze Stecke. Yogi pennte und Marlene schrieb bereits den Bericht ihrer Tour auf dem Laptop.

„Ich könnte das nicht, während des Autofahrens auch noch schreiben. Mir wird schon schlecht, wenn ich zu lesen anfange." Erklärte Hatterer im schulmeisterlichen Ton.

Marlene konterte: „Beim Lesen im Auto kommen Sinneseindrücke durcheinander. Die Augen zum Beispiel melden dem Gehirn Stillstand, weil der Blick auf dem Buch ruht. Gleichzeitig wirbelt die Bewegung des Autos die Flüssigkeit im Gleichgewichtsorgan des Ohrs durcheinander. Diese schwappt hin und her und sendet Bewegungssignale an das Hirn, das mit den unterschiedlichen Meldungen überfordert ist. Deshalb kann es sein das mache Menschen schlecht wird. Warum das bei mir nicht Fall ist weiß ich nicht. Helfen tut auf jeden Fall, wenn man für einige Zeit abschaltet und aus dem Fenster des fahrenden Autos schaut."

„Oha, da kennt sich aber jemand aus!"

„Schreibt man Grabstelle oder Fundstelle?", fragte Marlene und schaute über ihre Lesebrille.

„Fundstelle, der Leiche!", sagte Hatterer und ging im selben Moment in die Eisen. Gerade noch rechtzeitig konnte er die Warnlichter des vor ihnen fahrenden Wohnmobils erkennen. Er bremste scharf ab. Yogi wachte auf. Das Laptop rutschte Marlene fast aus den Händen. „Scheiße, Stau!" Entfuhr es Hatterer.

Unmittelbar vor Dresden, bei Dessau in einer Baustelle hatte es gerumpelt. Später wird im Polizeibericht stehen:" Bei einem Unfall auf der Autobahn 9 bei Dessau sind drei Menschen verletzt worden, einer davon schwer. In der Nähe von Dessau-Rößlau war einer Frau gegen 10.40 Uhr eine weiße Folie auf die Windschutzscheibe geflogen. Die 20-jährige Fahrerin kam daraufhin von der Fahrbahn ab, streifte die Seitenschutzplanke, geriet auf den Grünstreifen, kollidierte mit einem Wegweiser und überschlug sich nach rechts in den Straßengraben und dann wieder zurück auf die Fahrbahn wo ein weiteres Fahrzeug in den Unfall verwickelt wurde. Die Frau sei dabei schwer, zwei Insassen seien leicht verletzt worden. Insgesamt entstand ein Sachschaden von rund 18000 Euro. Es dauerte zwei Stunden bis sie weiterfahren konnten.

Hatterers größte Sorge war sein Termin bei der Fußpflege am Schachen in Kitzingen. Er hatte Glück und konnte ihn um drei Stunden auf 17 Uhr verlegen lassen. Um 16.30 Uhr kamen sie ziemlich gestresst in Kitzingen an. Sie gaben den Wagen ab und bekamen die Nachricht das ein Fahndungsaufruf des Bundeskriminalamtes mit Bild in Vorabendnachrichten gesendet wird.

Diesen Fahndungsaufruf sah auch Pauline in Oberrimsingen und sie wusste sofort was die Uhr geschlagen hatte.

Sie rief bei der Polizei in Freiburg an, die sie aufforderten das Haus zu verlassen. Ruhig zu bleiben und zu Nachbarn zu gehen solange der Einsatz läuft.

Da er erst am morgigen Tag einen erneuten Termin in Freiburg beim Deutsch-russischen Literaturverein hatte, nutzte Volkov den schönen Tag für einen längeren Spaziergang hinunter zum Rhein und kam erst in der Dunkelheit zurück. Er fühlte sich wohl und musste an Paulines Hintern denken. Er hatte dieses Bild im Kopf von heute Vormittag als sich Pauline anzog und dabei wie die Aphrodite Kallipygos, auf ihren Hintern sah. Das Bild wird ihn wahrscheinlich ein Leben lang begleiten. Er hatte frischen Salbei gepflückt den er in einem Park am Rhein gefunden hatte. Er wusste das Salbei das ganze Jahr über wächst. Schon seine Oma hat ihm als Kind immer Salbei Tee, gesüßt mit Honig, gekocht und so blieben ihm viele Erkältungen erspart.

Er wolle Pauline fragen ob sie ihm auch einen Tee kochen könnte da er spürt das irgendwie eine Erkältung im Anmarsch ist.

Am Tennisheim vorbei marschierte er die Grezhauser Straße in Richtung seiner Unterkunft.

Plötzlich blieb er stehen er sah etwa dreihundert Meter weiter vorne auf der Hauptstraße drei verdunkelte Vans vorfahren.

Er wusste sofort was los war und zog den Rückzug an.

Zum Glück hatte er den Rucksack mit dem Geld, den Schmuck und der Pistole immer dabei.

Er schlich sich zurück zum Tennisheim, brach die Hintertüre, die man von der Straße aus nicht sehen konnte, auf und wähnte sich dann erstmal in Sicherheit. Dabei verletzte er sich an der Hand und aus der Verletzung floss ein wenig Blut. In seinem Kopf arbeitete es, wie komme ich da jetzt raus und dann weiter. Dann hatte er einen Plan und legte sich, nachdem er die Wunde mit einem Taschentuch säuberte, auf die Holzbank zum Schlafen.

Hatterer hatte es noch rechtzeitig zur Fußpflege geschafft und war jetzt auf den Weg nach Hause. Seinen Füßen tat die Pflege gut. Es war das einzige was er sich als kleinen Luxus gönnte. Er rauchte nicht, trank wenig Alkohol. Er ging wenig aus, der Urlaub in LaPalma war mehr einer Trotzreaktion entsprungen.

Schleret zog gerade beide Restmülltonne von der Straße als er auf den geschotterten Parkplatz einbog.
„Willst zum Abendessen kommen. Renate hat Bratkartoffeln gemacht. Dazu Knäudeli* und einen guten Schoppen Silvaner."
„Warum nicht, ich mach mich nur a weng frisch. In fünf Minuten bin ich bei euch hinten, kann die Erika auch mitkomm."
„Kee Problem! türlich."
Ein Zettel lag auf dem Tisch: „Bin mit meinen Mädels in Rothenburg beim Kaffeetrinken!"
Was für Mädels dachte Hatterer ihm schwante Bedenkliches.

155

Renate hatte die Knäudeli von beiden Seiten leicht angebraten, dazu gab es Bauernbrot und Sauerkraut. Das Essen hatte etwas Archaisches an sich dachte Hatterer, die Wurst war ihm zu salzig, das Brot zu hart und das Sauerkraut zu weich. Wein trank er keinen. Was solls nach dem Essen bedankte er sich artig bei Renate und verschwand.

Am nächsten Morgen im Büro bekamen sie die Nachricht aus Freiburg das der Vogel ausgeflogen war. Eigentlich waren sie gar nicht informiert gewesen das Volkov in Oberrimsingen aufgestöbert wurde.

Der wiederrum ist noch in der Nacht um drei Uhr aufgebrochen. Der zerrissene Umhang den er in der hintersten Ecke der Platzwartstube gefunden hatte kam ihm gerade recht. Dazu ein alter zerschlissener Strohhut, den er am Abfallcontainer fand und der wahrscheinlich noch von der letzten Silvester Party stammte Er checkte das Damenrad das er verstaubt und verdreckt in der Ecke des nicht abgesperrten, angebauten Schuppens fand. Das schwarze Hollandrad hatte auch schon bessere Zeiten gesehen. Egal er fuhr auf dem Radweg am Rheindamm im Schutze der Dunkelheit ohne Licht Richtung Breisach. Es war kalt und das Vorderrad hatte einen Schlag und eierte. In Breisach will er über die Brücke die Grenze nach Frankreich überschreiten. Es war noch kälter und er hatte Hunger. Zuerst musste er nach Frankreich kommen. Dann war er vorerst in Sicherheit. In Colmar hatte er eine Zeitlang gelebt. Eine böse Erinnerung suchte ihm heim. Amaury hieß das

Mädchen das er dort erdrosselt hatte. Vier Jahre musste das jetzt her sein. Er hatte damals bei einem Popen der russisch-orthodoxen Gemeinde gebeichtet. Die junge Küsterin der Kirche hatte keine Ahnung und war ihm sehr zugeneigt und zu der wollte er jetzt hin. Er wusste nur das sie in der Nähe des Hôtel Le Colombier Suites Colmar in einem Eckhaus in der Rue Wickwam oder so ähnlich, in einem zwei Zimmer Appartement, im Parterre, wohnte. Er trat schwer in die Pedale und hatte jetzt richtig Hunger. Kurz vor Breisach sah er einen Kiosk, es brannte noch kein Licht. Ein Lieferauto einer Bäckerei fuhr gerade weg, der Lichtkegel des drehenden Kleintransporters erfasste ihn. Dann wieder Dunkelheit. Nur das schale Licht einer weiter entfernten Straßenlaterne erhellte den hinteren Eingang des stattlichen Kioskes. Er musste schnell handeln, wer weiß wann der Verkäufer eintrifft. Er schmiss das Rad in den halb gefrorenen Straßengraben und rannte zum Eingang. Die Laugenstangen waren noch ein kleines bisschen warm. Er hatte sie aus der Mitte des Plastikkorbes herausgepuhlt. Oder kam ihm das nur so vor. Nach 16 Stunden die erste Nahrung. Während er eine zweite Stange, diesmal mit einer Mischung aus Käse und Schinken überbacken, verdrückte, zog er eine Zeitung aus dem mit einem weißen Umreifungsband verpackten Stapel. Er schob ein Laugenzöpfchen nach und musste mit Schrecken zur Kenntnis nehmen das sein Konterfei die Ausgabe der Zeitung mit den vier Buchstaben zierte. Scheinwerfer erhellten die Szene als das Auto um die Kurve fuhr und erhellten den Kiosk. Er nahm noch ein paar Croissants als Wegzehrung, dann rannte er so schnell er konnte zu seinem Rad. Er schnaufte jetzt erst einmal durch und schob die fluffigen Croissants nach.

Starker, kalter Westwind machte es ihm nicht leichter weiter voranzukommen. Die Wunde an der echten Hand schmerzte.

Es war fünf Uhr als er in Neuf-Brisach ankam. Er zog den verrotteten Umhang aus und schmiss ihn zusammen mit dem zerschlissenen Strohhut in einen Container der in einer Seitengasse stand. Die Festungsstadt Neuf-Brisach ist geometrisch angelegt. Sie entspricht dem sogenannten bastionierten System, in Neuf-Brisach ist diese Bauart zu seinem Gipfelpunkt gebracht worden. Die Verteidigung der Anlage besteht aus zwei Wällen, einem Kampfwall, bestehend aus dem sanft ansteigenden Vorgelände und dem Glacis. Was aber Volkov jetzt überhaupt nicht interessierte. Am Rathaus standen einige Taxis. Fünfzig Euro wollte der Fahrer des schwarzen 230iger Mercedes. „Rue Wicknam S'il vous plaît conduisez beaucoup!", Volkov sprach fast fließend Französisch.

Er setzte sich in den Fond des alten Daimlers. Als sie schon eine Weile auf der Landstraße unterwegs waren, schaute er neben sich und fand ein buntes, auf Hochglanzpapier gedrucktes Faltblatt das mit bunten Bildern und großen Lettern auf einen außergewöhnlichen Abend mit dem großen Meister Wladimir Peljuschin hinwies, der das lyrische Meisterwerk seines Landsmann Tschaikowskis, in Form der wichtigsten und auch musikalisch schönsten Auszüge Mitte Januar in einer Kirche in Colmar darbieten wird.

Das wäre doch was auch für die Küsterin die vor vier Jahren so auf ihn geflogen war.

Um sieben Uhr setzte ihn der Taxifahrer im Zentrum ab. Er setzte sich in das nächstbeste geöffnete Kaffeehaus und bestellte sich ein reichhaltiges Frühstück. Er hatte trotz der „Vorspeise" in Breisach immer noch großen Hunger. Kälte zehrt, würde seine Oma sagen.

Nach leckeren Croissants, Erdbeermarmelade und guten, starken Kaffee, widmete er sich einer französischen Tageszeitung. Er konnte nichts über sich und die Fahndung in Deutschland finden.

„Kommt vielleicht noch!", dachte er sorgenvoll. Es war kalt geworden, auf den Berghöhen der Vogesen konnte man Schnee erkennen.

Er überlegte wie er es anstellen könnte der Mademoiselle Lentz zu begegnen und zwar so dass es aussah wie rein Zufällig.

Er entschloss sich gegenüber ihrem Eingang das Haus zu beobachteten. Er hatte sich mit einem Blick auf die Namensschilder an der Klingel vergewissert das sie noch in dem Haus lebt.

Er fror fürchterlich.

Nach drei Stunden entschloss er sich doch zu Klingeln, niemand öffnete.

An einem Straßenstand kaufte er sich eine Tüte heiße Maroni, es tat ihm gut seine kalten Finger daran zu wärmen. Er war sich nicht schlüssig wie es weitergeht. Er würde gerne wieder einmal unter einer Dusche stehen. Auf dem Marche` war viel Betrieb. Niemand nahm Notiz von ihm. Plötzlich sprach ihn eine weibliche Stimme seitlich von hinten an. „Herr Volkov sind sie es!"

Volkoy war erstaunt, jedenfalls tat er so. Er erkannte die Frau sofort.

„Meinen sie mich? Kennen wir uns? Warten sie! Sind sie nicht die von mir hochgeschätzte Küsterin der russischen Gemeinde Mademoiselle Lentz. Das ist aber eine Überraschung!"

Mademoiselle Lentz strahlte ihn an. Sie hatte immer noch dieselbe Frisur mit den kleinen, hoch aufgesteckten Locken. „Ich bin nicht explizit die Küsterin der russischen Gemeinde. Ich bin die Küsterin von St. Jacobus und zwei anderen kleineren Kirchen. Aber sagen sie doch Claudine zu mir, wie lange haben wir uns nicht gesehen. Sind es drei oder vier Jahre. Ich habe sie sofort wiedererkannt. Ich war heute Morgen in der Kirche und habe die Reste der gestrigen Drei-Königs Messe aufgeräumt. Sagen sie darf ich sie zum Mittagessen einladen. Ich muss die Quiche nur noch in den Ofen schieben. Einen Edelzwicker habe ich immer im Kühlschrank liegen."

Volkov schmunzelte innerlich, aber irgendwie konnte er Mademoiselle Claudine Lentz gut leiden. Er musste unbedingt eine Tablette nehmen. Viele hatte er ja nicht mehr vielleicht kann ihn Claudine da weiterhelfen.

„Also ich kann das fast nicht annehmen, aber ich konnte sie schon immer sehr gut leiden. Ich konnte es nur nicht so zeigen. Sie wissen ja das ich ein schüchterner Mensch bin."

Fragend schaute Claudine ihn an. Sie sah sehr chic aus in dem kamelfarbenen Wollmantel mit dem geraden Schnitt der doppelten Knopfreihe und den Reverskargen. Der Mantel versprühte einen urbanen, eleganten

Charme. Die gleichfarbigen, gefütterten Stiefel die sie dazu trug passten genauso gut dazu wie auch der dunkelbraune Franzen Schal. Auf dem Kopf trug sie eine, wahrscheinlich, selbstgestrickte Bommelmütze aus Wolle in denselben Farbtönen. Französin halt dachte Volkov.

„Beleidigen sie bitte nicht meine Intelligenz. Als so schüchtern habe ich sie jetzt auch nicht mehr in Erinnerung! Ich muss noch was einkaufen. Wollen sie mich begleiten?"

„Gerne!"

Claudine musste Heizöl nachbestellen, löste einen kleinen Gewinn im Lotto ein. Schickte bei der Post einen Brief ab. Unterwegs kaufte sie in einem Supermarkt, Nudeln, geräucherte Würste, Milch in Plastikbechern, Joghurt und Magerquark dazu Honig aus den Vogesen und ein paar andere Sachen

In einem Schaufenster einer Confiserie wurden die Schokoladen-Weihnachtsmänner und Engel gegen Osterhasen ausgetauscht. Volkov kaufte Claudine einen Strauß roter Rosen, was diese sprachlos werden ließ. Sie viel ihn um den Hals und küsste ihn.

„Ich habe es schon immer gewusst du bist ein Gentleman!"

In der Wohnung stellte sie Volkov ein paar warme Hausschuhe hin.

„Die gehörten einmal meinem Vater, sie sind so schön und halt auch eine Erinnerung an ihn!" Die Engländer würden zu so einem Menschen wie Claudine es war sagen: „She is a lover of the arts and of all beautiful things."

Volkov machte es sich auf dem Sofa bequem und fragte sie um sie umgezogen sei, früher habe sie doch im Parterre gewohnt.

Es war mittlerweile dreizehn Uhr geworden. Er hatte jetzt seit dreißig Stunden nicht mehr geschlafen und freute sich auf das Mittagessen.

Zur Quiche gab es noch einen bunten Blattsalat mit einem fruchtigen Dressing. Auch frisches Baguette stand auf dem Tisch.

Es schmeckte vorzüglich auch der Wein passte mit seiner fruchtigen Note gut dazu.

Claudine hatte sich umgezogen. Sie hatte ein tief dekolletiertes Cocktailkleid angezogen. Das ihren schönen Busen als Blickfang akzentuierte und Volkovs sinnliche Blicken darauf standhielten.

Claudine schien es zu gefallen, dass er sie augenscheinlich begehrte. Vielleicht nur platonisch. Sie musste sich aber eingestehen das sie auch gegen Sex mit ihm nichts einzuwenden hätte.

„Ich koche uns jetzt einen guten Kaffee, den Kouglof* habe ich gestern selber gebacken. Was haben sie da an der Hand gemacht?" Ohne auf eine Antwort von Volkov zu warten sagte sie dann: „So eine Wunde ist ein Ort wo das Licht eintreten kann. Es wird bald verheilt sein! Kannst dich ja schon einmal in die Stube setzen."

Was Volkov dann auch tat. Er schaute sich vom Sofa dann das Wohnzimmer genauer an. Besonders viel ihm dabei ein Sammlerregal auf indem lauter schöne Porzellan-Miniaturen standen. An der Zwischenwand stand ein schwarz lackiertes Seiler Piano. Zwei großformatige Fotografien hingen an den Wänden. Das eine Bild zeigte eine sehr schöne Nachtaufnahme des Le Mont-Saint-Michel und das andere Foto Paris von oben.

Hatterer, Yogi und Marlene bekamen wieder Besuch. Die LKA Beamten Nikos Tesfandrias und Carlos Härting haben sich angemeldet und standen dann auch ziemlich schnell auf der Matte. Yogi leidet immer noch einem gebrochenen Herzen, jedenfalls kam es seinen zwei Kollegen*in so vor.

Als erstes eruierten sie mit den LKA Beamten den Fluchtweg den Volkov in den letzten Monaten genommen hatte. Von St. Petersburg nach Jerewan, dann wahrscheinlich Batumi in Georgien. Mit dem Schiff nach La Palma von dort mit dem Flieger nach Luxemburg. Nächste Hinweise und einen Toten dann in Grünheide. Von Berlin über Mannheim nach Freiburg. Nikos Tesfandrias dann ziemlich unwirsch: "Wie heißt das Kaff Oberdingsbuns..", „Oberrimsingen, dort hat er die Wirtin gebummst!" entfuhr es Marlene trocken. „Woher wollen sie das wissen!" Marlene strich sich eine Haarsträhne aus dem Gesicht: „Stand so im Protokoll der südbadischen Kollegen!"

Hatterer lachte leise, Yogi konnte wieder schmunzeln.

„Wo kann er sein, wo hat er sich versteckt. Es muss endlich Schluss sein mit der Jagd!"

Yogi meldete sich zu Wort und erklärte was er herausgefunden hatte. Volkov war bei einer russischen Supermarktkette Torgservis beschäftigt die in Deutschland und Westeuropa Fuß fassen wollte. Die Firma hat ihren Sitz in Sibirien. Alle Morde wurden in Städten verübt in den diese Firma Filialen eröffnen wollte oder bereits eröffnet hatte. Alle bis auf dem Mord in Oberschwarzach beim Baumwipfellauf. Volkov war vermutlich ein Angestellter dieser Firma. Durch den Konflikt zwischen Russland und der Ukraine, der in der Annexion der Halbinsel Krim ihren Höhepunkt fand, wurden, durch westliche Sanktionen der russischen Wirtschaft das Engagement der Supermarktkette in Deutschland und Westeuropa beendet. Nun müssten wir herausbekommen wo diese Firma aktiv war, wo noch Morde ähnlichen Musters in Westeuropa bekannt sind. Dann könnten wir vielleicht herausbekommen wo sich Volkov, der zurzeit ja unter den Namen Fjodor Kurnikov unterwegs ist, im Moment aufhalten könnte.

„Sehr gut Weber, machen wir uns an die Arbeit!"

Yogi richtete sich auf, drückte seine Schulterblätter nach hinten und sagte mit lauter Stimme: „Moment, das ist noch lange nicht alles. Wir, also Marlene und ich haben noch herausgefunden das Volkov auch auf Instagram aktiv war oder noch ist. Kriminalhauptkommissar Arne Hatterer hatte uns dazu angeregt dieses einmal zu überprüfen."

Hatterer zuckte zusammen und zwinkerte Yogi und Marlene zu.

Er ist unter dem sinnigen Namen „Jogging vor Life" mit der Unterzeile „Sometimes it ends in death" dort angemeldet.

Carlos Härting meinte dann das es die Beförderung zum Oberkommissar werden könnte. „Gute Arbeit Weber! Sie und Kollege Tesfandrias überprüfen die Zusammenhänge zwischen Instagram und ungeklärten Kriminalfällen, sie bekommen noch vier Assistenten aus der

Computer Forensik Abteilung zugeteilt, die morgen, bewaffnet mit den nötigen Geräten, hier aufkreuzen werden!"

„Hatterer und Rupisch sie sollten sich nach Südbaden aufmachen und mit den dortigen Beamten Kontakt aufnehmen. Ich werde sie ankündigen!"

Carlos Härting war in seinem Element: „Wir werden die Ratte in die Enge treiben!"

Yogi sehnte sich nach Mikaelas Hintern. Er träumte davon wie seine Hände sich um ihre Hüften schlingen und seine Hände ihren Bauch streicheln und auch noch etwas darunter.

Am nächsten Morgen, Marlene hatte sich verspätet fuhren die beiden Kommissare Richtung Südbaden.

Hatterer mit sehr gemischten Gefühlen. Kannte er doch aus früherer Zeit die Wirtin des besagten Gasthauses. Was es aber auch für Zufälle gibt im Leben. Auch er hatte sie schon einmal ins Bett gezerrt, oder war es anders herum.

„Vielleicht erkennt sie mich auch nicht mehr. Meine Haare sind jetzt so kurz, damals trug ich noch keine Brille und auch keinen Vollbart und zwanzig Kilo sind auch weniger in der Hose. Ich lasse mich überraschen. Ich werde Marlene jedenfalls noch nichts erzählen!" dachte er sich, während sie hinter Heilbronn in einen Stau gerieten.

Volkov war eingeschlafen. Claudine schaltete den Fernseher ein. Volkov drehte sich im Schlaf aus seiner Hosentasche fiel sein Ausweis. Fjodor Kurnikov las sie, aber das Passbild das war doch Volkov. „Komisch, dachte sie!"

Als der Name Volkov im Radio Alcace fiel, war ihr alles klar. Vor ihr liegt ein Mörder. Wahrscheinlich war er auch am Tod von Amaury Dubois verantwortlich.

Sie kannte die junge Frau gut, sie war bekannt als begnadete Läuferin und vor allem half sie ihr immer vor Weihnachten die Kirche zu schmücken.

Was sollte sie jetzt machen. Polizei. Sie hatte Angst.

Volkov wachte auf.

Sie ging in die Offensive.

„Sag mal Volkov dein Name fiel gerade im Fernsehen, bist du der Massenmörder. Du kannst es ruhig zugeben, ich werde dich nicht verraten. Ich möchte es nur wissen. Erklärs mir ich habe keine Angst. Vor dir nicht und auch nicht vor dem Tod. Also Was ist los mit dir?"

Volkov sprang auf. „Wie hast du das herausbekommen, du brauchst keine Angst haben. Aber verrate mich nicht. Ich kann dir alles erklären. Ich bin krank. Ich nehme Tabletten. Ohne den Tabletten kommt die Mordlust wieder zurück. Du musst mir helfen. Bitte!"

Volkov ging auf die Knie. Er schluchzte und heulte.

„Ich will niemand mehr umbringen. Ich ertrage das nicht mehr."

Claudine streichelte ihn über das Haar.

„Was sind das für Tabletten!"

Volkov stand auf und kramte in einer Seitentasche seines Rucksacks.

„Diese hier! Ich habe nur noch drei Stück!"

Volkov nahm einen Bündel Geldscheine aus seinem Rucksack, hier das sollte für die Tabletten reichen, den Rest kannst du behalten.

Sie nahm das Geld drehte sich ab und wollte in die Küche gehen.

„Halt!" schrie Volkov.

Claudine erschrak bis aufs Mark.

„Komme mal her! Keine Angst!"

Claudine zitterten die Knie.

„Dreh dich um!"

Sie spürte etwas am Hals. Es schoss ihr durch den Kopf Sie erinnerte sich das Amaury Dubois erdrosselt wurde.

Sie schloss die Augen und fing im Geiste zu beten an.

Auf ihrem Dekolleté spürte sie etwas Kaltes, schweres.

„Mach die Augen auf! Das ist ein Tansanit in Veilchenblau mit Diamanten, die Kette ist eine Goldschmiede-Arbeit aus 750er Weißgold. Ich habe es von einer russischen Offiziersgattin als Liebeslohn bekommen."

Claudine machte die Augen auf: „Für mich!"

Sie schaute ihn in die Augen. „Du bist so charmant, ich kann nicht glauben das du ein Mörder bist!"

Volkov schaute auf den Boden und stotterte heraus das er doch einer ist und er alles dafür geben würde um es rückgängig zu machen.

Er kniete wieder vor ihr nieder und senkte den Kopf. Sie streichelte zärtlich über sein Haupt. Volkov nahm allen Mut zusammen und griff ihr unter den weiten Rock und fasste sie an ihrem prallen festen Po. Er hob sie hoch und stand dabei gleichzeitig auf. Er legte sie behutsam auf das Bärenfell das vor dem lodernden Kaminofen lag. Sie klammerte sich an ihn und dann küssten sie sich leidenschaftlich. Dann schob er ganz langsam seine flache Hand über ihre feuchte Vagina. Claudine griff ihn ebenfalls sehr sanft zwischen die Beine. Das Liebesspiel begann. Volkov war ein leidenschaftlicher Liebhaber und Claudine genoss seine Liebkosungen am ganzen Körper.

Nach dem zweiten Orgasmus blühte sie richtig auf und musste daran denken was für ein langweiliges Leben sie bisher gelebt hatte. Sie hatte noch nie einen Liebhaber gehabt. Trotzdem war sie keine Jungfrau mehr. Der Bruder ihres Vaters, ihr Onkel hatte sie am Tage ihrer Konfirmation brutal vergewaltigt und sie hatte sich nie getraut darüber zu sprechen.

„Das war so schön Sergey!"

Sie legte dabei ihren Kopf auf seinen Bauch und schaute ihn verliebt an.

Die beiden fränkischen Ermittler sind mittlerweile in Oberrimsingen angekommen.

„Können wir das Zimmer des Russen sehen!"

Pauline schaute Hatterer groß an.

„Irgendwie kommen sie mir bekannt vor!"

„So wirklich!"

„Ja, aber ich komme jetzt nicht drauf. Hier der Schlüssel Zimmer 115!"

„Kennen sie die Frau?", fragte Marlene beim Treppensteigen.

Hatterer sagte nichts, er zog es vor zu schweigen und sperrte das Zimmer auf.

„Hier werden wir nichts mehr finden, komm lass uns ein paar Schritte gehen!"

Sie gingen ein Stück an der Hauptstraße entlang.

„Schau mal was für ein Sonnenuntergang."

Sie bogen in Grezhauser Straße ein und kamen auch am Tennisheim vorbei.

Sie hörten einen Mann im Blaumann laut vor sich hin schimpfen.

Hatterer staunte immer wieder über die Leutseligkeit seiner Kollegin Marlene, die den Mann fragte was denn los sei.

„Ja da ist gestern Nacht jemand eingebrochen. Fehlen tut nix. Ist ja jetzt im Winter auch nix zu holen. Keine Ahnung was der gesucht hatte. Ein alter olivgrüner Umhang fehlt und das alte Rad ist nicht mehr da, des schon seit einem halben Jahr hier stand. Naja, die Türe müssen wir halt noch richten. Scheissdreck! Wenn ich jetzt nicht zufällig vorbei gfahre wäre, wäre des im Frühjahr eine schöne Überraschung gworde. Ich meine jetzt hat mich das auch überrascht, aber jetzt können wir des leicht wieder ohne Zeitdruck reparieren. Trotzdem es gibt solchene Arschlöcher. Unfassbar."

„Haben sie das schon der Polizei gemeldet."

Fragte Marlene und die Antwort des immer noch schimpfenden Mannes war eindeutig.

Hatterer rief sofort bei den Kollegen in Freiburg an, „bringt auch die Spusi mit, sieht so aus als ob Volkov hier war und mit einem Damenrad getürmt ist!"

„Wo führt der Weg hin?", fragte dann Hatterer den mittlerweile, ruhiger werdenden Mann im Blaumann.

„Was steht auf dem Schild da? Grezhausen also. Wer lesen kann ist im Vorteil."

Hatterer zog das Dienst Tablet aus seiner Umhängetasche und schaute sich auf der aufgerufenen Karte die Lage an.

„Also er könnte nach Grezhausen geradelt sein und dann weiter nach Breisach, das ist die nächste Rheinbrücke weit und breit. Wenn er drüben ist dann ist er in Frankreich. Wir müssen Amtshilfe bei den französischen Kollegen beantragen, Das sollen aber die Freiburger machen. Warten wir noch ein Weilchen bis die Spusi und die anderen kommen."

Die Sonne war verschwunden es wurde schnell kühler. Nach einer halben Stunde waren die Freiburger Kollegen vor Ort." Nachdem Hatterer seine Vermutungen dargelegt hatte. Verabschiedeten sie sich mit der Frage wo man in Oberrimsingen gut essen könnte.

Die Tische in der „Goldenen Krone" waren fast alle reserviert.

„Sie können sich hier dazu setzen!", wies sie die junge Bedienung an.

„Gestatten! Danke!"

Marlene bestellte sich einen gemischten Salatteller, den sie sich an der Salatbar selber zusammenstellen konnte.

„Du weißt schon Hatterer dass wir gerade den Veganuary haben und es verpönt ist Fleisch zu Essen.

„Solche Ferz. Ebbes müsse net bleibe lo!"

Kam es von der unteren Tischhälfte.

„Hä!"

„Er meint das müssen sie nicht sein lassen!" sagte die hübsche Bedienung.

„Bitteschön was darfs sein. Ihre Frau tut sich ja schon beim Salat gütlich."

„Also ich nehme das Schnitzel paniert mit Pilzsoße und Pommes und zwei Seidli dazu!"

„Seidli was!"

„Zwei Glas Bier bitte! Gell des ham sie jetzt nicht verstanden!"

Aber die Bedienung hatte sich schon umgedreht. Marlene kam mit einem Megavollen Salatteller. Anscheinend schmeckte er sehr gut! So schnell wie sie ihn verschnabuliert hatte. Schnitzel war auch Lecker. Hatterer war noch nicht ganz fertig, da meldete sich sein Tablet. „Yogi!" Mit Erstaunen las Hatterer was Yogi herausbekommen hatte. „Hier lies!", er schob das Tablet zu Marlene über den Tisch.

„Das ist ja sehr interessant!"

Das Sprechzimmer bei Dr. Dominique Thibault war brechend voll. Eine Mitarbeiterin des Doktors sang im Kirchenchor der St. Jacobus Chanteuses mit. Claudine kannte sie gut. Sie fragte sie ob es ihr möglich ist ein Rezept für sie auszustellen. Die Frau sagte zu Claudine das sie sich noch ein wenig gedulden müsse. Nach einer gefühlten Ewigkeit wurde ihr Name aufgerufen. Die Arzthelferin tippte den Namen und die Kennziffer in den PC und druckte das Rezept ohne lange zu fragen aus. Claudine war eine angesehene Frau. Dr. Dominique Thibault unterschrieb ohne drauf zu schauen während er telefonierte. „Bitteschön Claudine und gute Besserung für deinen Onkel!" Danke Véronique sehen wir uns am Sonntag." Sie wirbelte herum und zog verschiedene Karteikarten heraus „Ja vielleicht, ich habe gerade wenig Zeit jetzt, du siehst ja was heute los ist. Die ganze

Stadt hat Grippe. Ihr wisst aber schon das die Tabletten sehr starke Psychopharmaka sind. Neuroleptika-Forte ist ein sehr starkes Zeug. Geht es ihm so schlecht?" Claudine winkelte das Rezept zusammen. „Was soll ich sagen? Au revoir ! Véronique!"

Auf der Straße wartete Volkov, er war in der Zwischenzeit beim Frisör gewesen und hatte sich die Haare komplett abrasieren lassen. Claudine erschrak als sie ihn sah. Dann gingen sie zusammen in eine Apotheke und holten die Tabletten für ihn. Mit der neuen Brille vom Discount Optiker war er fast nicht mehr zu erkennen. Vor allem auch weil aus seinem Dreitagebart schon ein richtiger Vollbart geworden war.

Volkov lud Claudine zu einem Kaffee ein. „Hast du Lust morgen mit mir zum Konzert von Wladimir Peljuschin zu gehen." Sie schaute ihn groß an. „Woher weißt du das. Das ist bei mir in der Kirche! Ich bin sowieso dort muss aber arbeiten! Du siehst klasse aus mit der neuen Brille wie Stanley Tucci!"

„Wie wer bitte!"

„Stanley Tucci, kennst du ihn nicht. Er ist Schauspieler, Regisseur, Filmproduzent und Frauenschwarm!"

„Noch nie von ihm gehört!"

„Komm lass uns gehen!"

Draußen auf der Straße, machte Claudine die Augen zu und genoss den Luftzug der über ihr Gesicht zog. Für Januar war es heute außergewöhnlich mild. Irgendwie war sie glücklich mit ihm, dem Frauenschwarm und

Massenmörder in einem. Ein Spruch kam ihr in den Sinn den sie im Internet gelesen hatte. „Kümmere dich um dich selber. Such dein Glück. Jetzt. Denn wenn du stirbst ist dein Job noch vor deiner Beerdigung vergeben."

Yogi hatte viele, ob es alle waren, kann man nicht sagen, ähnlichen ungeklärten Mordfälle aus dem benachbarten Ausland durchforscht, in denen auch die Sibirische Supermarktkette irgendwie erwähnt wurde. Er gab noch weitere Parameter, wie zum Beispiel Strangulation und Frauenmord in die Suchmaschine ein. Es war eine Heidenarbeit und mit viel Schreiberei verbunden. Er hatte nach Stunden herausgefunden, dass es zwei ins Mordschema passende Tötungsdelikte gab. Einen in Straßburg und dann noch in Colmar.

Hatterer fragte Marlene wie weit es von Breisach nach Colmar sei.

„Moment!" Sie gab die zwei Städte im Tablet ein und es waren genau 24 Kilometer.

„Er ist in Colmar, da verwette ich meinen Arsch! Wir brauchen französische Amtshilfe!"

Neben dem Bett gab es im Zimmer des „Hauses" auch eine gemütliche Zweiercouch. Das Bett war elegant, sehr groß und geradezu einladend. auf der neuen Steppdecke mit dem purpurroten Überzug lag Carlos Härting. Das diffuse rote Licht einer Energiesparlampe war gedämmt und die junge wohlproportionierte Afrikanerin spielte mit Härtings Lustbolzen. Er schlürfte genüsslich an den billigen Sekt, der in dem Puff zu horrendem Preis dazu bestellt werden kann. Da meldete sich sein Smartphone mit Fade to Grey, dem Erfolgssong von Visage.

„Was gibt's denn Hatterer, jetzt nicht ich bin gerade beschäftigt." Nach einer kurzen Pause. „Kreizsackelzement, morgen früh im Büro … ja ihr fahrt jetzt zurück! Ende!!" Neela forderte er auf weiter zu machen. Dann stöhnte er wieder laut und lustvoll auf.

Hatterer wandte sich zu Marlene erklärte ihr was Härting gesagt hatte. „Ich vermute das es ein ungünstiger Zeitpunkt gewesen war und das Härting sich schon wieder in der Gattinger Straße rumtreibt. Vor seinem LKA Job war der bei der Sitte, hat da schnell Karriere gemacht und wurde daraufhin nach München beordert. Jedes Mal, wenn bei uns in Unterfranken etwas sehr Wichtiges ansteht schicken sie die Vollpfeife und in der Zeit die er hier in Würzburg und Umgebung dann verbringt wohnt er in der Gattinger Straße, mehr oder weniger halt."

„Iiii..Männer!" Marlene verzog ihr Gesicht wie eine Zitrone.

Sie wollten gerade in den X6 einsteigen, da meldete sich Hatterers Smartphone. „Hallo Hatterer, ja bitte. ... Ja die habe ich noch. Nein ich lasse da nicht mit mir handeln das ist ein Vintage Brille die sie in dieser Ausführung nirgends mehr auf den Markt bekommen… Ja danke überlegen sie es sich nochmal! Viele Grüße…Nein versenden mache ich nicht mehr. Dankee!"

Marlene schaute ihn im Inneren des Wagens fragend an. „Ich habe bei EBay Kleinanzeigen eine trendige Brille eingestellt. Geld kann man immer brauchen. Die Jungs wollen halt immer handeln!" Was ist es denn für eine?"

„Eine Vintage Four black, Light blue mit iridium lenses. Aus den Neunzigern." „Hast du aber gut auswendig gelernt." „Ja sie ist so gut wie nagelneu nie getragen."

Am nächsten Morgen im Büro legten Hatterer und Yogi ihr Erkenntnisse vor. Härting hatte tiefe Ränder um die Augen und schaute etwas abwesend in die Runde. „Warum seid ihr nicht gleich unten geblieben und habt den Typen festgenommen?", fragte Nikos Tesfandrias. „Da müssen sie ihren Kollegen fragen, der hat uns zurückbeordert!" „Carlos was los, wieso mussten die jetzt wieder zurückfahren. Hatterer hat Volkov schon einmal life gesehen er wäre bei der Fahndung eine große Stütze." Niemand konnte ahnen das Volkov nicht nur seinen Namen, sondern auch sein Äußeres sehr verändert hatte.

Härting wachte auf und erklärte das er die Fahndung von hier aus steuern möchte. „Das ist doch Quatsch!" entgegnete Tesfandrias. „Wer stellt den Kontakt zu den französischen Kollegen her!" Marlene erkundigte sich bei den Kollegen des Zentrums der Deutsch-französischen Polizei in Kehl, bei der deutsch-französischen Polizeiwache in Rust und bei der Deutsch-französische Polizeieinheit Georges Nivel. Unisono bekam sie immer dieselbe Antwort das in dem Fall nur Interpool helfen kann.

In der Mittagskonferenz lachte dann nur einer. „Das habe ich gewusst das es sich so verhält, dazu bin ich schon viel zu lange im Geschäft. Ich werde meine Kontakte einschalten!" sagte ein befriedigt dreinblickender

Härting. „Wir machen Feierabend. Morgen früh in aller Frische. Meine Dame und Herren. Angenehmen Tag!"

Die glorreichen Drei des Kitzinger Kriminal Dauerdienstes gingen, nach dem Auftritt des LKA Kollegen zusammen in ihre Stammkneipe einen heben, sie hegten gegen Harting keinen Groll. Hatterer sah es mittlerweile auch ruhiger. „Komm Arne, las uns gechillt weitermachen. Morgen oder übermorgen fahren wir nach Rust oder Kehl und treffen laut Harting die Franzosen und dann geht's weiter." Marlenes Smartphone geht. „Leute wir müssen hoch zum Innopark fahren. Im Autokontor wurden Autos geklaut." „Scheißeee! Wer fährt!" Yogi trank sein Hefeweizen leer und schrie „Ich nicht, zu viel Alkohol!" „Du Drecksack!"

Fünf Leute mit gelben Sicherheitswesten mit Aufschrift Bayerisches Autokontor schrien durcheinander. Erst als Arne Hatterer laut dazwischenging wurde es ruhiger. Anscheinend wurden mit einem Autotransporter acht Porsches geklaut. Ein frisch eingestellter Mitarbeiter der Security muss wohl irgendwie an die Schlüssel der Fahrzeuge gekommen sein. Das Auffahren auf den Transporter war dann ein Leichtes. Es vergingen sechs Stunden bist der Diebstahl aufflog. „Ja Leute da können wir im Moment wenig machen. Wahrscheinlich sind die schon irgendwo im Osten. Aber bitte geben sie uns die Fahrgestellnummern und Typenangaben durch. Sensationell wäre es, wenn sie uns Bilder der gestohlenen Fahrzeuge schicken könnten. Vielleicht noch Hinweise auf den Transporter, den Mitarbeiter der Security. Hier meine Handynummer, sie können auch eine WhatsApp schicken. Vielen Dank. Wir werden sie auf dem

Laufenden halten." Panisch verabschiedete der vermeintliche Chef des Kontors die Kriminalbeamten. „Wird schon wieder!" Yogi klopfte den frustrierten Mann dabei auf die Schulter.

„Arne lass mich an der Wache aussteigen ich setz die Fahndung ins Netz." Sagte Marlene sehr ruhig. „Nix wir machen das zusammen. Ich hoffe die schicken die Bilder bald durch." „Ich glaube ich muss mich jetzt erst einen Augenblick hinsetzen!" sagte Arne und zeigte auf eine Bank am Parkplatz des Innoparks. „Ich rechne eigentlich damit das uns dieser Härting vom Fall abzieht!" Nach einigen Minuten des Innehaltens war es Marlene die zu Hatterer sagte ob es wieder ginge.

Marlene, Yogi und Hatterer saßen am nächsten Morgen bereits schon am Tisch als Carlos Härting das Briefing, mit den Worten das die drei nicht mehr aktiv im Spiel sind, eröffnete. Ihr seit jetzt nur noch die Linienrichter. Arne verließ wortlos den Besprechungsraum, ihm folgten nach wenigen Sekunden Yogi und Marlene. „Kümmern wir uns halt um die geklauten Autos!", stellte Hatterer lakonisch fest. „Der soll doch machen was er will der alte Stricher." Jetzt konnten Yogi und Marlene auch wieder lachen.

Volkov ahnte von dem ganzen Kompetenzgerangel nichts. Er wusste nur das er gesucht wurde und das nicht nur in Deutschland. Claudine kam zu ihm ans Bett und brachte frische Croissants und duftenden Kaffee mit. Es war ihre Art sich für die leidenschaftliche Nacht bei Volkov zu bedanken. Aufback-Croissants und Filterkaffee. Ihm war es egal. Er wusste das er irgendwann den

Häschern ins Netz ging. Hier bei Claudine war er erst einmal sicher und er fühlte sich wohl dabei. Es war ein unwirkliches Gefühl. Aber die vielen Gelbwesten auf den Straßen holten ihn wieder zurück in die Realität.

In den Nachrichten kam das sich Prinz Harry und seine Gemahlin Megan nach Kanada absetzen wollen.

Im Iran gab es erneut Proteste gegen die Macht der Mullahs und gegen Trump wurde das Amtsenthebungsgesetzt eingeleitet.

Für das Konzert am Abend will er sich noch, einen dem Anlass entsprechenden, Anzug mit Fliege und Weste kaufen. Kohle hatte er noch genug. Er musste an das Collier denken das Claudine heute Nacht über ihren wunderschönen Brüsten getragen hatte als sie ihn geritten hatte. Was wird sie wohl heute Abend anziehen. Langsam merkte er das er sich in sie verliebt hatte. Das seine Nervenzellen ihm so ein flaues, wohliges Gefühl übermitteln konnten, kannte er bisher nicht, sowas hatte er noch nie gespürt.

Der Krach auf der Straße wurde immer lauter, Mühltonnen wurden umgeschmissen, Glasscheiben klirrten. In der engen Gasse wurde ein beißender Dampf nach oben getragen. Es war Tränengas das die Beamten auf die Demonstranten losließen.

Die französische Polizei hatte in diesen Tagen viel zu tun. Da blieben die deutschen Anfragen in Rust, Kehl und anderswo erst einmal liegen.

Härting regte sich auf. Nützte aber nichts. Die Leitungen blieben vorerst stumm. Von der Polizeipräsidentin Susanna Porzuck bekam er am Nachmittag einen gewaltigen Einlauf und auch der Chef des LKA war nicht begeistert vom eigenmächtigen Verhalten seines selbsternannten „Starermittlers". Er wurde vom Fall abgezogen. Nikos Tesfandrias sollte es jetzt richten. Noch am Abend versuchte der den Dialog mit den drei vom Fall abgezogenen Ermittlern wieder in Gang zu bringen.

„Jamas!", klang es dann im Restaurant „Korfu" in der Würzburger Straße. Der Besitzer Wassilis Palavartzis war ein entfernter Verwandter von Nikos Tesfandrias, ihre Eltern stammten beide aus demselben Dorf in der Nähe von Igoumenitsa. Er gab dann auch gleich eine Warnung aus für was das „Korfu" bekannt war. „Dieses Haus ist sehr freigiebig mit kostenfreiem Ouzo. Das erfordert von euch allerdings einige Selbstbeherrschung oder ein tragfähiges Risikokonzept für den Heimweg". Die drei waren von der offenen Art von Nikos sehr angetan. Jetzt merkten sie wie sehr er unter der Fuchtel von Härtig gelitten hatte. Wassilis Palavartzis kochte nicht den üblichen Griechen Fraß. Er ließ sich von der bayerischen und auch der japanischen Küche zu neuen interessanten Variationen inspirieren. Das Menü das Nikos bestellte bestand aus einem mediterranen Vorspeisenteller. Auf weißem Porzellan dekorierte der Koch Artischockenherzen vom Grill, zarte Babycalamari auf rotem Kresse Pesto, Garnelen im Speckmantel sowie Thunfischtatar mit Kapern, Sojaöl, Sesam und Wasabi. Nachdem Hauptgang der aus Kalbsleber mit Salbeisauce und frischem Salat bestand wollte niemand mehr einen Nachtisch. „Jamas, ich gleb der Taxistand macht heute a guts Gschäft mit uns!" Wassilis Palavartzas brachte noch eine Runde Ouzo und stellte dann die

Flasche auf den Tisch. Die gesamte Rechnung übernahm Nikos, beim Bezahlen schimpfte Wassilis Palavartzis über die hohe Pacht und die scheisse Bon-Pflichte.

Zur selben Zeit schwebte Claudine zu ihrer Kirche St. Jakobus. Die Pfefferspray- und Tränengasschwaden hatten sich gelegt die Gelbwesten und die Polizisten waren verschwunden. Es gab Verletzte auf beiden Seiten. Sie musste an die vielen Betschwestern denken, die mit bleichen Gesichtern den Geistlichen lauschten und die Gebete wie im Schlaf runterleierten. In ihr tobte ein leidenschaftliches Glück von dem sie früher nur ahnen konnte das es so etwas gibt. Sie spürt ihn immer noch in sich und sie kann gar nicht genug von ihm bekommen. Die Vereinigung nach dem Mittagessen war so innig und lustvoll zu gleich. Das Schläfchen danach tat gut. Alles liegen und stehen lassen. Alles abstreifen, durchschnaufen und träumen. Als sie aufwachte und in die Küche ging um etwas zu trinken saß er ruhig da und lächelte sie an. Die Küche war komplett aufgeräumt, alles gespült und sauber gemacht. Sie machten es dann auf dem Küchentisch. Ich gebe ihn nicht mehr her, egal was er früher einmal angestellt hat. Sie wusste das es ein Spiel mit dem Feuer war. Aber lieber Feuer als erkaltete Asche.

Wenn dann weitere traumhafte Dinge vor sich gehen und der Raum beginnt sich aufzulösen, dann sitzt man in einem Konzert mit der Musik von Tschaikowsky. Der Nussknacker führt in längst vergangene Zeiten. Die fantastische Geschichte führt ins winterliche St. Petersburg. Der Heimatstadt Volkovs. Er hat Tränen in den Augen als er zu Claudine hinüberschaut, die mit geschlossenen Augen, etwas abseits sitzend, das Konzert anhört. Claudine bekam fast keine Luft mehr so schön war der heutige Tag bis jetzt für sie gewesen.

Volkov dachte an seine Kind- und Jugendzeit in den späten 70igern des vergangenen Jahrhunderts. Sowjetische Truppen marschierten in Afghanistan ein. Es gab über eine Millionen Todesopfer. Die siegreichen Mudschaheddin, von den US-amerikanischen und pakistanischen Geheimdiensten organisiert und ausgerüstet waren, übernahmen dann doch die Macht im Land. Dann kam die Zeit von Michail Sergejewitsch Gorbatschow Glasnost und Perstroika wurde gerade umgesetzt. Er war im brandenburgischen Wünsdorf stationiert. Aus der Sowjetunion wurde Russland und das Land zerfiel in fünfzehn Einzelstaaten. Er erinnerte sich an den Eiswinter 85/86 als große Teile der Ostsee zugefroren waren und er mit seinem verstorbenen Onkel beim Eisfischen war. Ein heftiger Paukenschlag ließ ihn wieder aus seinem Träumen erwachen. Claudine sagte vor dem Konzert zu ihm das er sehr gut aussieht in seinem dunklen Anzug mit Weste und Fliege. In der Pause ging er mit zwei gefüllten Sektgläsern zu ihr. Sie stießen an, schauten sich tief in die Augen. Claudine flüsterte ihn ins Ohr: „Schätze die Dinge die dir das Universum schenkt, egal wie klein diese sind!" Volkov war irritiert und wusste nicht was sie damit meint.

Mit schwerem Kopf und leicht verkatert traf sich das Quartett der Soko Volkov, wie sie nach dem Ausscheiden von Carlos Härting, genannt wurde, auf der

Dienststelle. Allen Erwartungen zum Trotz, waren keine Nachrichten der französischen Kollegen eingegangen. Dafür flatterte eine andere für Hatterer atemberaubende Nachricht auf seinem Schreibtisch.

Volkov und Claudine unternahmen am nächsten Morgen einen winterlichen Spaziergang. Sie zeigte ihm die Gegend um den Col de la Schlucht und erklärte ihm das dies einmal der deutsch-französische Grenzübergang gewesen war. Von 1871 bis 1918 bildete die 1139m hohe Passhöhe die Grenze zwischen Frankreich und dem damaligen Deutschen Reich. „Interessant, das habe ich nicht gewusst!" Volkov vermied es seine Pelzmütze aufzusetzen, er wollte unter allen Umständen nicht als Russe erkannt werden. So lief er mit einem Basecap und einer verspiegelten Sonnenbrille durch die schöne Landschaft an diesem sonnigen Januartag. Für den Abend hatte Volkov einen Tisch im legendären Le Cercle des Aromes reserviert. Dort gab es hochfeine, elsässische Spezialitäten ohne viel chi chi, urbanes Essen so wie er es mochte frisches Bauernbrot, gute Öle, Bauernkäse, Speck und Geräuchertes von glücklichen Tieren.

In Deutschland indes protestieren die Bauern mit Traktor Sternfahrten zur Grünen Woche nach Berlin um gegen zu hohe Auflagen zu demonstrieren.

Claudine steuerte ihren Citroen C5 Aircross sicher durch die kurvige Abfahrt der Passstraße. In Colmar stellte sie ihn auf ihren gemieteten Stellplatz. Sie hängte sich bei Volkov ein und zusammen schlenderten sie zu einer bekannten Bar für einen Absacker.

Es war nicht die Nachricht mit der Aufforderung seiner monatlichen Pflichtschießübung nachzukommen, die ihn so erregte. Nein es war die Nachricht das der Schütze der ihn mit der Makarov die Kugel in den Rücken jagte in Italien festgenommen wurde. Durch die Europäische Datenbank für Ballistik wurden die Profile der Projektile aus zwei verschiedenen Strafdaten automatisch abgeglichen. Vor dem Schuss in Hatterers Rücken, wurde ein Projektil aus dem Oberschenkel eines italienischen Wachmannes operiert. Zwei Jahre hat es dann gedauert bis den Abgleich der Geschosse zum Erfolg führte. Eigentlich war es Zufall. Aber seit der erfolgreichen Europaweiten Bekämpfung der Clankriminalität ist auch sowas möglich. Wahrscheinlich steckt ein Ableger der Mafia hinter den Verbrechen. Polizeipräsidentin Susanna Porzuck rief an und erklärte ihm, dass er Anspruch auf einen Schmerzensgeldausgleich hat. Es wurde bei der Bande viel Bargeld sichergestellt.

Hatterer nahm sich für den Rest des Tages frei. Auf dem Heimweg hörte mit Wonne die Relaxing Jazz Musik aus dem Autoradio und wurde dadurch wieder ruhiger. Er fuhr seine Aufregung herunter freute sich über das Schmerzensgeld. Er stand schließlich auf der Kippe zwischen Leben und Tod.

Als er den Focus abstellte der nächste Schock. Nachbar Schleret kam angedüst. „Scho gsehn, der neue drübn hat 20 Hühner und vier so gefleckte Hund!" „Echt der hat Dalmatiner?", „Ja verdammt, mit der Ruhe ist es jetzt amol vorbei!" „Meinst du. Komm trink einen Schluck mit. Ich habe was zu feiern!" „Hast du überhaupt was zu trinken im Haus!" Hatterer lachte und verneinte. „Komm mit Renate freut sich auch wenn du schon amol was zu feiern hast!"

Nikos, Yogi und Marlene waren bereits über einer Nachricht der französischen Kollegen der Direction centrale de la police judiciaire kurz DCPJ, also der Zentraldirektion der Kriminalpolizei, gebeugt, als Hatterer in die Dienststelle kam. „Wir sollen mit den Flic´s die in Rust stationiert sind zusammenarbeiten und beim eventuellen Zugriff dabei sein. Wegen der immer größer werdenden sozialen Proteste im Lande ist es der Gendarmerie nationale im Moment nicht möglich uns zu unterstützen. Die Wut von Regierungsgegnern hatte Präsident Macron auch während eines Theaterbesuchs am Freitagabend im Norden von Paris erfahren. Rund 30 Demonstranten versuchten in das Theater einzudringen, in dem der Präsident zusammen mit seiner Frau Brigitte eine Vorstellung besuchte. Beamte der Pariser Polizeipräfektur konnten die Demonstranten jedoch aufgehalten."

„Na toll da geht es ja ganz schön rund! Ja dann nehmen wir mal Kontakt mit Rust auf! Wissen wir irgendetwas Näheres zum derzeitigen Aufenthalt von Volkov? Treibt er sich noch im Elsass rum? Wir wissen es nicht. Wir wissen nur das er sich in Colmar versteckt haben könnte. Es kann doch nicht so schwer sein herauszubekommen ob er in der Zeit in der er dort wohnte irgendwelche sozialen Kontakte pflegte."

Yogi blies die Backen auf. „Hatterer sei nicht ungerecht, erstens wissen die dort noch nichts vermute ich mal. Interpool wird noch nichts weitergegeben haben und zweitens: Haben wir was herausgefunden ob Volkov in Kitzingen irgendwelche sozialen Kontakte hatte. Der Mann ist ein mordlustiger Einzelgänger, ein Psychopath."

Auch im Elsass flogen bereits die ersten Pollen von Haselnuss und Erle. Es war ein sehr milder Januartag. Eine Delegation des Städtepartnerschaftsvereins aus Memmingen macht auf Einladung ihrer Freunde aus Colmar einen Morgenspaziergang in der vom Mittelalter geprägten Stadtkern. Straßencafés hatten bereits ihr Stühle aufgestellt. Die Menschen hatten ihre Beine in den dafür ausgelegten Decken gehüllt. Touristen strömten durch die Gassen, Plätze und Straßen. Überall wurde mit den Smartphones fotografiert. Ein Pärchen zwinkerte in die Sonne. Das Partnerschaftskomitee von Colmar führte den Besuch aus der Partnerstadt Memmingen im Allgäu zu den schönen Cafés im La Petite Venise am Flüsschen Lauch. Unter anderem war auch Maria Schweisfurth dabei. Sie hat eine kleine Firma die sich „Die guten Geister" nennt. Sie reinigten überall wo sie gebraucht werden. Viel am Memminger Flughafen und der Dienststelle der dortigen Polizei. Nebenbei war sie auch eine passionierte Hobbyfotografin und hatte gerade einen Einsteigerkurs bei einem bekannten Kitzinger Fotografen hinter sich gebracht. Ursprünglich in Kitzingen zu Hause heiratete sie nach Memmingen. Ihr Mann hatte dort auf dem Airport einen guten Job den er nicht aufgeben wollte. Sie engagierte sich im

Partnerschaftsverein, dem Museumsverein und ab und zu hielt sie Büttenreden im Fasching. Sie liebte das Städtchen Colmar und hat schon viele Fotos in dem Städtchen gemacht. Diesmal war es aber anderes mit dem Bildermachen. Sie hatte sich eine günstige gebrauchte Mark III und ein noch günstigeres 70-200 2,8 gekauft. In dem neuen Level machte ihr das Fotografieren nochmal so viel Spaß wie vorher. Das schöne Sujet vor einem dieser Cafes nützte sie dann für ein Gruppenfoto ihrer mitgereisten Vereinsmitglieder.

Hatterer nahm Kontakt mit den Kollegen in Rust auf und schickten alles was sie an Bildmaterial von Volkov hatten dorthin, auch die Bleistiftzeichnung von Chabti Khalil. Es wurden auch Phantomanimationen erstellt wie Volkov aussehen könnte. Mit Bart, ohne Bart, mit Hut, mit langen Haaren, mit Glatze usw. Die Bilder gingen darüber hinaus in einem bundesweiten Fahndungsaufruf an alle Polizeistationen Deutschlands.

Der Obduktionsbefund des von Volkov erschossenen Jägers Marian Rudniki kam angeflattert. Er hätte nur noch wenige Monate zu Leben gehabt stand darin. Lungenkrebs. War wohl ein starker Raucher. Ursächlich für den Tod war aber der Schuss aus der Walter PPK die vermutlich von Volkov abgefeuert wurde.

Der nächste Tag brach an. Claudine dachte nur noch an das eine. Sie war wie besessen von Volkov, bei dem sich aber erste Erektionsstörungen bemerkbar machten. „Muss ich mir Sorgen machen!" „Nein, nein wird schon wieder. Ich glaube es sind die Tabletten!" Womit er nicht ganz unrecht hatte. Claudine verabschiedete sich mit einem leidenschaftlichen Kuss. Auf dem Weg in die Sakristei der St. Jakobus Kirche kam sie auch an einer Apotheke vorbei. Sie kannte die Apothekerin gut. Sie sang ebenfalls bei Ihnen im Kirchenchor. Claudine gaukelte ihr etwas vor. Sie brauche die kleinen blauen Pillen für ihre Nachbarin die todunglücklich ist wegen der angeblichen Impotenz ihres Mannes. Die Apothekerin zögerte einen Moment, konnte aber dem bittenden, treuherzigen Blick Claudines nicht wiederstehen. Sie schob eine Packung mit zehn Tabletten über den Tresen, „Aber keinen Blödsinn mit machen!" Claudine lächelte bedankte sich überschwänglich und versprach aufzupassen das kein Blödsinn mit den Tabletten getrieben wird.

Sie wird heute Mittag zwei Tabletten zermahlen und unter die stark gewürzte Tomatensoße mischen die sie heute zum Diner zu den Spagetti reichen wird.

Volkov blieb erstmal im Bett liegen und schlief noch eine Runde. Danach machte er sich auf den Müll hinunter zu tragen und einen Spaziergang nach Turckheim zu unternehmen um auf den dortigen Drachenweg ein Stück zu wandern. Er kam an einer nach außen offenstehender Werkstatt vorbei. Zahnräder drehten sich und Bolzen wurden in Bewegung gesetzt. Um 13 Uhr pünktlich zum Mittagessen war er wieder zurück.

Maria Schweisfurth und die Mitglieder des Städtepartnerschaft Komitees waren noch am späten Abend wieder zurück in Memmingen.

Am nächsten Morgen stand die Polizeiwache am Memminger Flughafen auf den Putzplan. Zusammen mit Kollegin Jenni Oljetzka machten sie sich an die Arbeit.

Boden wischen, Toilette reinigen und Schreibtische säubern. Auf dem Bildschirm des Dienststellen Computers sah sie Bilder eines Mannes der wegen einiger Frauenmorde gesucht wird. Das Gesicht kam ihr irgendwie bekannt vor. Sie schenkte ihm dann aber keine weitere Beachtung. Nach zwei Stunden waren die beiden fertig und fuhren mit ihrem neu lackierten Kombi zurück in die Stadt. Sie waren beide Stolz auf das neue Firmenlogo das aus verschiedenen stilisierten Bildern bestand. Darauf zu sehen ein Staubsauger, aufgehängte, frisch gewaschene Wäsche und eine Gießkanne die Wasser auf Blumen rieseln lässt. Den Kombi hatten sie in Hellgrün, Grün und weiß lackieren lassen. Es machte ihrer Meinung schon was her zusammen mit dem bunten Logo. Für heute war ihre Arbeit, nach der Hausarbeit bei der 91-jährigen Witwe Haberer, beendet. Bei ihr putzten sie nur die großzügige Villa durch, Fenster putzen stand erst nächste Woche wieder auf den Plan. Maria Schweisfurth setzte ihre Kollegin zu Hause ab und fuhr ebenfalls zu ihren kleinen Häuschen am Stadtrand von Memmingen. Sie machte sich eine Kleinigkeit zu Essen. Dann setzte sie sich an ihren Schreibtisch und schob die Speicherkarte in das Lesegerät ihres PC. Sie legte einen neuen Ordner dazu an den sie wie immer mit Datum 20200120 Bindestrich und Begebenheit oder Ort beschriftete „Colmar im Januar". Mit 160MB in der Sekunde waren die Bilder sehr flott auf der Festplatte geladen.

Es klingelte eine frühere Mitarbeiterin mit verheultem Gesicht stand vor der Tür. „Komm rein, hat er dich wieder geschlagen? Willst du nicht mal zur Polizei?" „Ja schon, aber nur wenn du mitgehst!" Sie drückte die junge, immer noch schluchzende Frau nahm sie fest in die Arme. „Moment!" Maria Schweisfurth ging in den Nebenraum. „Komm mal her Mia, schau mal die Bilder habe ich gestern in Colmar gemacht." Sie klickte Bild für Bild durch, dann erschrak sie richtig. „Das kann doch nicht sein!"

Auf der Polizeidirektion nahmen die Beamten erst die Anzeige von Mia auf und benachrichtigten über das Hilfetelefon „Gewalt gegen Frauen" das Frauenhaus in der Innenstadt. „Es kommt gleich jemand vorbei und holt sie ab. Möchten sie ein Glas Wasser!" fragte die nette Polizeibeamtin.

Maria Schweisfurth blieb an der Anmeldung stehen. Die junge Polizistin fragte ob noch was sei. „Ja da ist noch was. Haben sie einen Cardreader in der Dienststelle ich muss ihnen etwas zeigen!"

Die Nachricht aus Memmingen schlug bei der Soko Volkov ein wie eine Bombe.

„Endlich haben wir einen Hinweis auf den Aufenthaltsort."

Yogi kam hereinspaziert. „Ich habe eine Nachricht aus Colmar. Volkov war dort vor vier Jahren bei der Stadt gemeldet. Genau in dem Zeitraum als die Morde an der jungen Jeanette Schneiderlin aus Straßburg und Amaury Dubois aus Colmar passierten. Er wohnte zur Untermiete bei einer gewissen Claudine Lentz." Hatterer winkte ihn zu sich: „Komm mal her. Schau doch mal auf dem Bild könnte das diese Claudine sein?" „Woher soll ich das Wissen, da muss ich erst einmal im Netz googeln! Gebt doch einfach der Polizei in Colmar Bescheid das sie bei der Lentz mal unauffällig vorbeischauen. Ich recherchier aber gleich mal!" „Eigentlich wollte ich heute Abend mit euch zum großen Main-Postillen Wahlforum, Karten habe ich bekommen." Sagte Hatterer. Marlene schaute ihn groß an. „Können wir doch trotzdem machen!" Von hinten schrie Yogi das er auch dabei ist.

Sechs Kandidaten stellte der Chefredakteur und sein Stellvertreter vor. Die Redaktion war in voller Mannschaftsstärke angerückt. Liveticker, zwei Fotografen und einiges mehr. Kleine Filmchen von einem fragestellenden Mädchen wurden gezeigt. Ein Bewerber kam im Matrosenoutfit. Er wolle damit auf das Fastnachtmuseum aufmerksam machen. Die Zuhörer waren amüsiert. Dann das, ein stadtbekannter Säufer schrie etwas wie „Scheiß Juden!" in Richtung Bühne. Das war natürlich zu viel. Die drei von der Soko machten sich klein. Sie wollten damit nichts zu tun haben. Dann ging die Seitentüre auf und Edgar Loder und ein Kollege nahmen den Störer in Gewahrsam. Der Kelch ging an Ihnen vorüber. Sie lernten etwas über Saatkrähen und warum man sie nicht abschießen darf, das Publikum stellte Fragen zu Kultur- und Tourismus. Der Womoplatz soll vergrößert werden. Günstiger Wohnraum ein großes Thema. Die Radwege seien in einem miserablen Zustand und wie es mit der Wirtschaft im Zeichen des E-Mobilitätswahn weitergehen kann. Innenstadtbelebung und einiges mehr.

Die Sprungfedern ächzten. Es klopfte an der Wand im Schlafzimmer von Claudine. Der Nachbarin war das laute Gestöhne wohl langsam zu viel. Es war am frühen Nachmittag und die verfeinerte Tomatensoße zeigte Wirkung. Claudine hatte einen Orgasmus als wäre sie die Sonnenkönigin persönlich. Volkov staunte über sich selber woher diese Standfestigkeit kam. Er gehörte zu den die die Herzen von Frauen auf eine ganz bestimmte Weise brechen. Er liebt sie besser gesagt er liebt sie so halb und fühlt sich irgendwann ausgelaugt und zieht sich innerlich zurück.

Nach der dritten Vereinigung ging Claudine an das Schlafzimmerfenster um die Vorhänge zuzuziehen. Ihr fielen dann zwei schwarze Vans mit dunkel getönten Scheiben auf die in ihre Straße einbogen. Sie schrie: „Du musst weg. Zieh dich an und verschwinde es wird hier gleich von Polizei wimmeln. Du kannst über das Dach auf die anderen Dächer gelangen. Beeile dich!"

Es dauerte nur wenige Minuten und Volkov war angezogen. Rucksack über die Schulter und weg war er. Claudine hatte Tränen in den Augen, als nach weiterer Minuten die vermummten Polizisten über die Treppe nach oben stürmten. Nach einer Schreierei der vermummten Polizisten, kam nach einer Weile eine Beamtin in Zivil.

Die Leibesvisitation war so erniedrigend. „Ziehen sie sich etwas an, sie sind festgenommen!"

Volkov hingegen schaffte es wieder einmal im letzten Augenblick zu entkommen. Als er zwei Häuser weiter vom Dach in der Parallelstraße auf die Straße schaute sah er ein Lieferfahrzeug, das in einem Lokal Wein abgeliefert hatte.

Nach beim Anfahren des Lieferfahrzeuges riss er die Plane auf die Seite und sprang auf die Ladefläche und fuhr mit ihm ins benachbarte Riquewihr. Wo er die kühle Nacht auf der Ladefläche verbrachte. Sein Adrenalinspiegel normalisierte sich langsam wieder. Am frühen Morgen klaute er ein Auto nahe dem Winzerhof und fuhr nach Straßburg von wo er die Grenze nach Kehl überquerte. Eigentlich wusste er jetzt nicht mehr weiter. Die blauen Pillen hatten nicht nur Claudine große Sinnesfreuden geschenkt, sie haben auch seinen gesamten Hormonhaushalt durcheinandergebracht. Er fuhr auf der Autobahn Richtung Norden. Er hielt auf einem Autobahnrastplatz an und er musste sich übergeben.

Auf dem gegenüberliegenden Rastplatz hielt zur gleichen Zeit ein blauer Focus mit Kitzinger Kennzeichen. Hatterer stieg aus dem Wagen. Sie hatten den gestrigen Abend gut überstanden und waren schon in aller Frühe aufgebrochen. Yogi musste pinkeln. Sie waren auf dem Weg nach Rust ggf. auch nach Colmar. Sie hatten die Flucht von Volkov, während der Fahrt, in Höhe von Heilbronn, mitgeteilt bekommen. Die Nachricht hatte sie geschockt, das Volkov wieder einmal entkommen konnte.

In den Nachrichten kam eine erschreckende Meldung aus China. In der Millionenstadt Wuhan rafft ein neuer Ableger des Coronavirus viele Menschen dahin. Schon über hundert Tote und weit über tausend infizierte Bewohner seien betroffen. Die Stadtverwaltung riegelt die Ausfallstraßen ab. Wuhan steht unter Quarantäne und in Rothenburg ob der Tauber macht man sich bereits

Sorgen wegen den wahrscheinlich ausbleibenden chinesischen Touristen.

Hatterer schaute zum gegenüberliegenden Parkplatz, der etwas tiefer lag wie der auf dem er gerade durch die Gegend schaute. Er sah einen Mann der sich die Galle auskotzte. Beim näheren Hinsehen sah er dann den Mann der ihn in LaPalma in den Bauch geschlagen hatte. Er schrie laut: "Da drüben ist Volkov!" Yogi kam angerannt. „Ich sehe nix, wo soll der sein!" „Der war da drüben und hat gekotzt". Ein LKW war vor dem roten Kleinwagen gefahren mit dem Volkov gekommen war. Yogi zog sein Smartphone aus der engsitzenden Jeans und rief bei der Leitstelle des BKA an. Es dauerte eine Weile bis alles in die Wege geleitet wurde.

Hatterer und sein Team drehten auf der nächsten Ausfahrt um und fuhren zum Parkplatz. Sie konnten aber nur noch aus dem Erbrochenen eine DNA-Probe entnehmen.

Der als gestohlen gemeldete rote Kleinwagen vom Winzerhof war auf dem Parkplatz stehen geblieben. Fingerabdrücke werden später bestätigen das Volkov mit dem Wagen gefahren ist.

„Wahrscheinlich ist er von einem LKW mitgenommen worden." Schätzte Hatterer die Lage richtig ein.

Volkov saß im LKW eines russischen Landsmannes der aus Litauen stammte und für ein deutsches Unternehmen fuhr. Der Fahrer liebte klassische Musik, am liebsten mochte er Tschaikowsky und auch Volkov liebte den Nussknacker. Mit verschlossenen Augen lauschte er auf der Schlafpritsche liegend der Musik und dachte an

Claudine. Er wird sie wohl nie mehr sehen können. Volkov hoffte das er mit dem Fernfahrer bis nach Rostock durchfahren kann. Von dort wollte er sich nach Kaliningrad dem früheren Königsberg durchschlagen. Er wusste das dies auch über 650 km waren. Aber wenn er es schaffte mit der Fähre nach Klaipeda in Litauen zu kommen, dann war es nur noch ein Klacks in die Russische Enklave an der Ostsee zu gelangen. Im Autoradio ein Fahndungsaufruf, den der Litauer aber nicht verstand. Nach vier Stunden Fahrt kurz hinter Fulda wurde der LKW mit der Litauischen Autonummer heraus gewunken. Allgemeine LKW-Kontrolle von Zoll und Polizei. Beamte kontrollierten die Pässe der beiden Insassen. Beim Eintippen des Namens Fjodor Kurnikov, blinkte der Laptop auf. Gefahr in Verzug. Der Beamte gab die Meldung an die Leitstelle weiter die diese dann an das BKA und damit auch an die vier Beamten der Soko Volkov weitergaben.

Befehlsgemäß, nicht einzuschreiten, gaben sie die Pässe wieder zurück. Volkov hatte genau aufgepasst aber nichts Auffälliges bei dem Beamten entdecken können. Er war Müde und hatte Hunger. Der Zoll gab den LKW frei.

Als sie 100km weiter gefahren waren viel dem litauischen Fahrer auf, dass kein Auto mehr auf der Überholspur an Ihnen vorbeifuhr. „Da muss wohl hinter uns ein Unfall passiert sein!", sagte er zu Volkov. Der hörte nichts, er hörte Musik mit den Kopfhörern die in der Schlafkabine des LKWs lagen. Aber auch auf den gegenüberliegenden Gegenfahrbahnen fuhren plötzlich keine Fahrzeuge mehr. Wenn das ein Film wäre zeigte die Einstellung den Beginn eines Filmes der in der Zukunft spielt. Die Autobahn war für den Zugriff gesperrt. Im Rückspiegel sah er dann drei schwarze Limousinen die mit sehr hohem Tempo rasch näherkamen. Die Beamten des Sondereinsatzkommando stoppten den LKW, einer der maskierten Männer zog den Fahrer sofort, fast einen Tick zu grob, aus dem Führerhaus während andere Männer nach Volkov griffen. Der merkte erst jetzt, als die Männer ihn aus der Fahrerkabine zerrten was los war. Aus den Kopfhörern die sie ihm runterrissen konnte einer der Einsatzkräfte noch klassische Musik hören. Volkov schob das Kinn vor, in seinen Augen brannte der Schmerz. Er wusste es ist vorbei. Für ihn war hier seine lange Flucht beendet. Es dauerte eine halbe Stunde dann steuerte Yogi Hatterers blauen Focus an den Einsatzort.

Eine Drohne schwebte über den Einsatzort. Einer der ganz in schwarz gekleideten Männern legte mit seiner MP an und holte sie mit einer Salve Dauerfeuer vom Himmel. Der Blaulichtfotograf zog stocksauer von dannen

Volkov wurde nach Kassel I, einer Justizvollzugsanstalt mit höchster Sicherheitsstufe überstellt. Nach Neun Monaten Ermittlungen, Fahndung und Jagd war Volkov endlich gefasst.

Der Prozess gegen ihn wird lange dauern. Insgesamt hat er in Deutschland fünf Menschen umgebracht, dazu zwei in Frankreich und eine Frau in Südtirol. Die Frauen aus seiner Zeit beim russischen Militär und danach nicht mitgezählt.

Am nächsten Morgen stand Hatterer am Fenster ihres gemeinsamen Büros Marlene konnte ihn so aufmunternd ansehen wie sie nur konnte. Wo er mit seinen Gedanken war verriet er nicht. Er fuhr dann nach Hause.

Später kündigte er erneut das Abonnement seiner Tageszeitung und schaute die klägliche Rede des US-Präsidenten beim World Economic Forum in Davos im Fernsehen an.

Es klingelt. „Hallo, es ist so kalt bei euch, kannst du mir trotzdem ein bisschen deine Heimat zeigen!" Isabella stand vor der Türe.

Ein guter Geist war dann mit den Beiden und der Himmel klarte wieder auf. Arne wärmte seine Isabella so gut es ging.
Sie blieb und schon an Josefi fand unter großer Zustimmung von Großtante Petra, den Nachbarn Schlereth und den Arbeitskollegen Yogi Weber, Marlene Rupisch, Edgar Loder und Nikos Tesfandrias die Verlobung statt. Hatterers kleiner Sohn Delcy trug strahlend auf einem Samtkissen die Verlobungsringe ins Wohnzimmer.

Erklärungen*

Schabeso: Zitronenlimonade

Ketogene Ernährung: Die ketogene Diät ist eine Art der Low Carb Ernährung und zeichnet sich dadurch aus, dass der Körper eine neue Art der Energiegewinnung durch Nahrung lernt. Durch den Verzehr von viele gesunden Fetten und sehr wenig Kohlenhydraten gelangt der Körper in den Zustand der sogenannten "Ketose"

Brückenschoppen: Als Brückenschoppen wird auf den Alten Mainbrücken in Kitzingen und Würzburg Frankenwein in Schoppengläsern (0,25 Liter, mit Pfand) ausgeschenkt, der direkt auf der Brücke getrunken werden kann.

Plönlein: Ein schmales Fachwerkhaus mit dem kleinen Brunnen davor in Rothenburg ob der Tauber. Diente im Disney-Klassiker „Pinocchio" von 1940 als Muster für eines der dargestellten Gebäude.

Bolotie: Ist eine Cowboykrawatte die von einer dekorativen Brosche oder Spange zusammengehalten wird.

Salatblume: Jährlich wird von den Etwashäuser Gärtnern eine Salatblume mit wechselndem Muster aus 8.000 bis 10.000 verschiedenen Salatköpfen gestaltet. Beim Gärtnerfest werden die Salate geerntet und für wenig Geld an die Besucher verkauft.

Bokashi ist japanisch und bedeutet „fermentiertes organisches Material". Es ist ein hochwertiger Dünger, mindestens so wertvoll wie reifer Kompost, aber weniger arbeitsintensiv.

Lawash ist ein ungesäuertes Fladenbrot, das überwiegend in der armenischen, aserbaidschanischen, kurdischen und persischen Küche, aber auch zum Beispiel in Georgien Verwendung findet. Das trockene Lavash wird als Hostie in der armenischen Kirche verwendet. Gebacken wird es in einem Rundofen (Tonir) bei hoher Temperatur.

Gryllotalpa gryllotalpa sind Maulwurfsgrillen. Der Name geht auf die Europäische Maulwurfsgrille zurück.

Er rührt von ihrem charakteristischen Aussehen her: Einerseits besitzen sie große Grabschaufeln und leben unterirdisch wie der Maulwurf auf der anderen Seite haben sie die Körperform von großen Grillen und erzeugen auch sehr ähnliche Laute. So setzt sich auch der wissenschaftliche Name.

Hängulin ist ein Anaphrodisiakum welches früher männlichen Soldaten, Gefängnisinsassen oder Internatsbewohner dem Essen beigemischt wurde, um deren Libido und Erektionsfähigkeit zu senken.

Schneckenspur sagt man zu einer Körperbehaarung die durchgehend vom Schamhaar bis zum Bauchnabel führt.

Wi wird in Südbaden der Wein im stark ausgeprägten Dialekt genannt.

Knäudeli ist eine Art Blutwurst, Namensgeber ist das Verknoten der Naturdärme nach dem Einfüllen der Masse an beiden Enden. Speckwürfel und Schinkenwürfel werden mit Schweineblut gemischt, mit Pfeffer, Salz und Majoran gewürzt und dann in Naturdärme eingefüllt, beide Enden werden fest verknotet, dann geräuchert bis die Masse fest geworden ist. Am besten kauft man die frisch geräucherten Knäudeli schon fertig in einer Metzgerei.

Kouglof Elsässisch für Gugelhupf. Er ist ein Kuchen aus Hefeteig. Ursprünglich wohl in einem rundlichen Napf oder kleinen Kessel zubereitet, wird er heute in einer typischen, hohen Kranzform aus Metall gebacken.

Andorra **Effekt** Besagt das sich Menschen oftmals an die Beurteilungen und vor allem auch Einschätzungen durch Dritte anpassen. Auch unabhängig davon ob diese ursprünglich richtig oder falsch gewesen sind.

Vulkanausbruch **auf La Palma 2021** dauerte vom 19. September bis zum 13. Dezember 2021 und gilt als der längste bekannte Ausbruch eines Vulkans auf der kanarischen Insel La Palma. Mit Blick auf die Schäden war es der folgenreichste in der Geschichte der Insel. Er ereignete sich am Westhang des Höhenrückens Cumbre Vieja 1700 m nordwestlich des Llano-del-Banco-Vulkans, einem von drei Vulkanen der San-Juan-Eruption 1949. Die aus mehreren Spalten austretende Lava floss nach Westen über die dicht besiedelte Ebene Aridane und über die Steilküste ins Meer hinab. Dabei wurde eine große Zahl von Häusern in Dörfern und Streusiedlungen der Gemeinden El Paso, Los Llanos de Aridane und Tazacorte zerstört und eine große landwirtschaftlich genutzte Fläche bedeckt. Besonders stark betroffen war Todoque, ein Gemeindeteil von Los Llanos de Aridane. Quelle: Wikipedia

Burgerbrötchen-Kurve beschreibt, dass Kunden manche Produkte meistens in Kombination kaufen. Bietet ein Supermarkt billiges Rindfleisch an, wird er demnach auch mehr Burgerbrötchen verkaufen.

Mazerieren bedeutet zum Beispiel, wenn man das Biskuit beim Tiramisu mit Espresso beträufelt oder tränkt. Es ist ein Begriff aus der Pâtisserie.

Epilog

Arne Hatterer war froh das der Fall gelöst war. Mit den 50000 Euro Schmerzensgeld, die er aus Italien überwiesen bekam will er eine Reise mit Isabella nach Nepal machen und auch mit Söhnchen Delcy was Schönes unternehmen. Hatterer macht vorher noch einen Termin bei einem Tattoo Studio unterhalb der alten Mainbrücke. Er bringt ein Portraitfoto von seinem kleinen Sohn Delcy mit.

Yogi Weber bekam einen neuen Job zugeteilt. Er lebt jetzt in München und arbeitet als Partner von Nikos Tesfandrias beim LKA. Der Schürzenjäger ist bereit für neue Bekanntschaften und hat sich einen Dating App auf sein Smartphone gezogen. Dort traf er seine neue Beziehung. Er ist jetzt mit einer türkischstämmigen Frau zusammen die aussieht wie Salma Hayek.

Marlene Rupisch wurde zur stellvertretenden Leiterin des Kriminaldauerdienstes Würzburg, Außenstelle Kitzingen ernannt. Fährt in ihren Urlauben mit ihren T4 meist an Flüße und Seen. Ab und zu begleitet sie ihr Ex-Kollege Edgar Loder und zeigt ihr sein Anglerlatein.

Petra Danovovski Hatterers Großtante zieht jetzt endgültig bei ihren Großneffen ein und setzte ihn in ihrem Testament als Gesamterben ein. Isabella konnte sie schon immer gut Leiden. Für das Grab ihres Bruders, dem Opa von Arne, bestellt sie einen neuen Stein.

Claudine Lentz konnte man die Mitwisserschaft nicht nachweisen. Sie kam nach einem halben Jahr Untersuchs Haft wieder frei. Verlor ihren Job in Colmar. Die Kirche machte ihr aber ein Angebot in einer Mission in Französisch-Guyana zu arbeiten, dass sie dann auch annahm. Die Tage mit Volkov verbuchte sie trotzdem als die schönsten ihres Lebens. Der Andorra Effekt* hatte sie vor dem Zusammentreffen mit ihm von vielem abgehalten. Den Tansanit in Veilchenblau mit Diamanten hatte sie im Reisegepäck.

Chabti Khalil der Bäckerlehrling aus Rothenburg hatte Glück. Ein Galerist aus Frankfurt war begeistert von seinen Zeichnungen mit Bleistift. Er führt mittlerweile ein sorgenfreies Leben. Es kraut ihn aber beim Prozess gegen Volkov auszusagen.

Carlos Härting wurde wegen seiner permanenten Rotlicht Eskapaden vom Dienst suspendiert und arbeitet jetzt bei einer Security Firma bei Konzertveranstaltungen.

Herbert und Renate Schlereth haben das Haus ihres Nachbarn gekauft und auf Eigenbedarf den Mietvertrag mit dem Hühnerfarmer und Dalmatiner Züchters gekündigt. Die Buschbrände in Australien haben die Existent ihrer Tochter und ihres Mannes zerstört. Darum kommt die Tochter zurück und zieht in das Haus ein.

Polizeipräsidentin Susanna Porzuck hat Kreide gefressen und lobte Hatterer in den hellsten Tönen.

Zu beklagen waren viele Tote **Ashley Steiniger** und **Peter Sattes** in Kitzingen, **Jeanette Schneiderlin** in Straßburg, der Jäger **Marian Rudniki** in Grünheide, **Amaury Dubois** aus Colmar, **Annika Amann** aus Lichtenfels umgebracht in Meran. **Anna von Bodenlaube** in Rothenburg ob der Tauber, **Maria Sutner** Ebrach, **Albina Shakinuratova** Wünsdorf.

Swanhilda Lichtenberg und **Elsa Menzel** brachen zu einer Weltreise auf. Genau wussten sie es selber nicht genau was sie vorhatten. Für die erste Zeit hatten sie für eine Hilfsorganisation auf einem Rettungsschiff im Mittelmeer angeheuert. Das Sorgerecht für den fast zweijährigen Delcy bekam der Vater Arne Hatterer zugesprochen. Irgendwie viel es Elsa nicht schwer Delcy loszulassen, sie wusste das der Kleine bei Arne gut aufgehoben ist.

Sergey Iwanowitsch Volkov wird in einem Mammutprozess in allen Punkten schuldig gesprochen. Lebenslang mit anschließender Sicherheitsverwahrung. Nach fünf Jahren Haft erhängt er sich mit 57 Jahren in seiner Zelle. Ein verpfuschtes Leben geht dann damit zu Ende.

Isabella Rodríguez kommt Sehnsuchtsgequält nach Deutschland. Erst einmal für vierzehn Tage im Urlaub. Der kleine Delcy freut sich das er endlich jemand hat mit dem er richtig spielen kann. Auch Großtante Petra ist glücklich das Isabella gekommen ist. Wie es mit der Familie weitergeht wird erst in einem neuen Roman verraten.

Edgar Loder Der gute Geist, Mädchen für Alles und lebendes Inventar der Dienststelle ging nach 45 Dienstjahren in den verdienten Ruhestand. Er kaufte sich neues Angelequipment und buchte eine Reise nach Alaska. Nach seiner Rückkehr lernt er seiner Ex-Kollegin Marlene das Angeln.

Mikaela Lindholm zog zu ihrem Ole nach Nord-Norwegen auf die kleine Insel Karlsøya. Schafe züchten und reichen Schweizern die Finnmark zeigen. Im Winter dunkel und im Sommer keine Nacht. Sie hat Yogi und Marlene eingeladen sie einmal zu besuchen.

Ansgar Willinger Repariert nach wie vor lieber alte als neue Autos. Die Wartelisten sind wieder ein wenig länger geworden. Stammkunden haben Vortritt.

Nikos Tesfandrias ist wieder in München. Durch seinen guten Job in Kitzingen ist er in der Besoldungsstufe einen Schritt nach oben gerutscht.